家住宽巷子

蓝炳元 著

四川文艺出版社

图书在版编目（CIP）数据

家住宽巷子／蓝炳元著. 一成都：四川文艺出版社，
2015.7（2022.1重印）
ISBN 978-7-5411-4108-9

Ⅰ．①家… Ⅱ．①蓝… Ⅲ．①散文集－中国－当代
Ⅳ．①I267

中国版本图书馆 CIP 数据核字（2015）第 151074 号

JIAZHU KUANXIANGZI

家住宽巷子

蓝炳元　著

策划组稿　张庆宁
责任编辑　奉学勤
责任校对　汪　平
插　　画　蓝炳元　江华光
封面设计　张　妮
版式设计　张　妮

出版发行　四川文艺出版社（成都市槐树街 2 号）
网　　址　www. scwys. com
电　　话　028-86259285（发行部）　028-86259303（编辑部）
传　　真　028-86259306

邮购地址　成都市槐树街 2 号四川文艺出版社邮购部　610031
印　　刷　三河市嵩川印刷有限公司
成品尺寸　169mm×230mm　1/16
印　　张　12.25　　　　　字　　数　160 千
版　　次　2015 年 10 月第一版　印　　次　2022 年 1 月第二次印刷
书　　号　ISBN 978-7-5411-4108-9
定　　价　48.00 元

目录

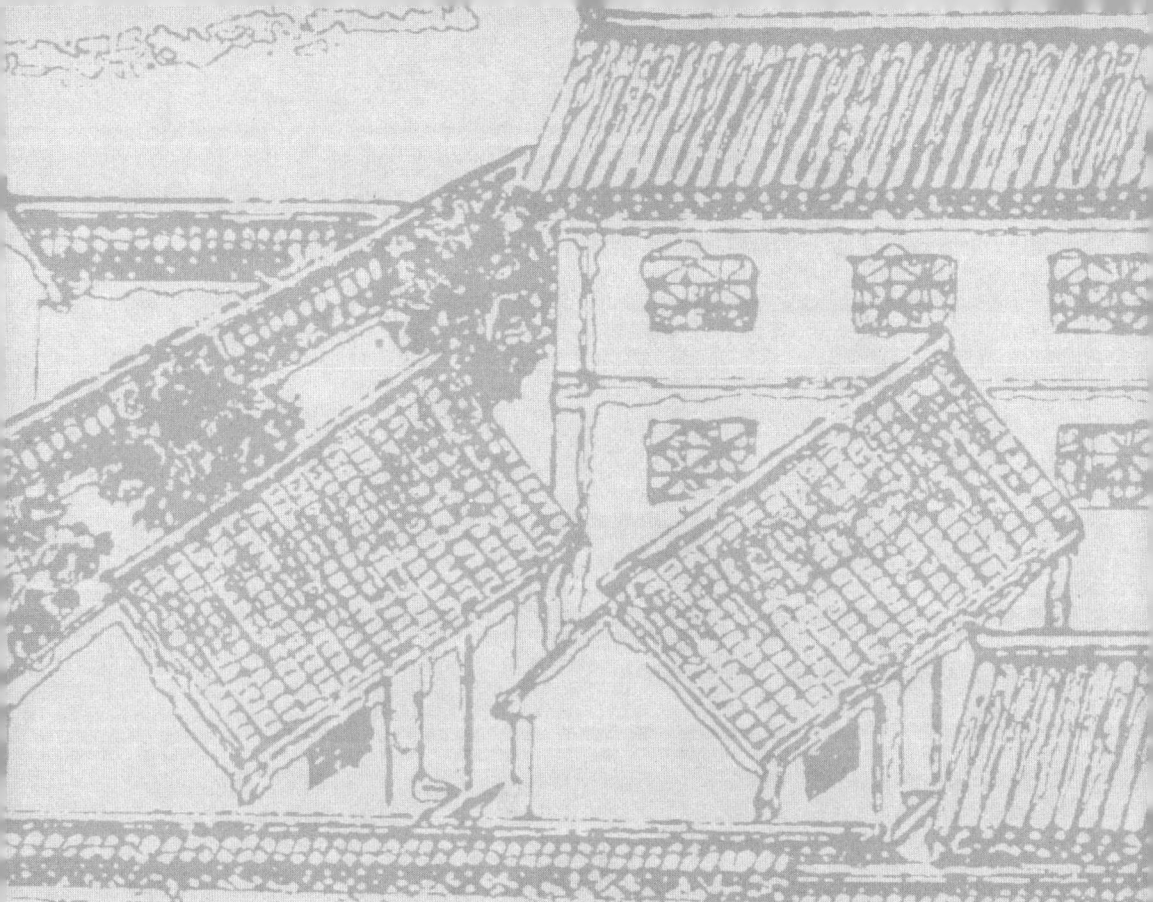

五代世居
见证百年

从潼南到成都

　　宽巷子是我家曾经五代世居的地方，近一百年来，我家前后有近四十人在这条巷子里繁衍生息，直到 2004 年因市政建设需要，才陆续离开了这条亲切而熟悉的小巷。

　　我家是 20 世纪初从原四川潼南县乡下迁徙到成都来的。早在顺治、康熙年间"湖广填四川"的移民潮中，我家始祖蓝现舟便携蓝氏后人在潼南县塘坝镇灌坝村五交界处插地为业，从此世代以农耕为生。高祖蓝大顺是灌坝蓝氏第八代，曾于咸丰九年（1859）在云南与李永和联手举行过反清起义，带领三十多万义军横扫四川全境，后转战陕西与太平天国西北军会合，受封为"太平天国文王"。同治三年（1864）蓝大顺战死后，为免遭满门抄斩之祸，高祖母带着蓝家后人移居别处隐匿了下来，直到清王朝覆灭，民国兴起，才陆续走出偏僻之地来到成都，汇聚于宽巷子这条小巷中。

　　这条小巷清末时叫兴仁胡同，民国时改名为宽巷子，"文革"时有个红色的名字叫向阳巷，"文革"后复名宽巷子至今，有名有姓的历史有两百多年，无名无姓的历史则有踪可寻。

我的长辈目睹了这条巷子里的中国封建王朝最后营地的消亡，见证了宽巷子产生和形成的过程，对当时中国半殖民地半封建社会在这条巷子里的衍变和表现有着深切的体会，还亲身经历了民国政府的衰败带来的艰辛生活和日寇飞机狂轰滥炸宽巷子周边所造成的万般恐惧。

　　我在新旧社会交替之际降临在这条小巷的民宅里，生于斯长于斯，这里烙有我幼时生活的痕迹，也留下了难以忘怀的青涩的记忆。若干年过去了，社会生活的变化在这条巷子里的点滴反映，民风、民情、民俗在这条巷子里的生灭演绎，人世的悲欢离合和街头巷尾的趣闻逸事至今仍历历在目，十分鲜明。

　　这张摄于 20 世纪 30 年代末的照片是我的家人的合影，地点是在离宽巷子不远的少城公园里，居中的核心人物是我四伯父。他右边依次是我五伯父、我父亲、四伯父的大儿子、大伯父的二儿子。他左边依次是我大伯母、四伯母及其两个女儿、我母亲、大伯父二儿媳。从照片上可以看出已经俨然是个都市人的四伯父那种自信自傲的神态；踏入城市不久的我的父母略显拘谨微露农村本色的神情以及刚刚来到这个城市这条巷子土得掉渣根本无法掩饰庄稼人身份的大伯母五伯父等人的表情。我的奶奶此时已经过世，安葬在原五桂桥旁的土丘上，我小时随同长辈们清明时节去扫过墓，后来那里被夷为平地，建成无缝钢管厂，现在无缝钢管厂也被夷为平地，开始建造高楼大厦时尚小区了。

　　拍摄那张照片时，我还没来到人世。上面所有的人物，除了那两位小姑娘——我的两位堂姐外，其余的都已先后作古。而今，我的两位堂姐也是子孙满堂的老人了。从我的奶奶算起，到我下面的孙子辈，我家在这里历经五代，跨越两个世纪，目睹三个朝代，见证了百年来宽巷子的兴衰和变迁。我所没有想到的是，而今翻天覆地的大变

作者蓝炳元家人合影

化，让原本一条极其普通的陋巷，居然如讨口子朱元璋一样，一觉醒来竟已是黄袍加身，成为这个城市里若干条大街小巷中的明星了。

　　在宽巷子脱胎换骨之时，我曾拜读过有关宽巷子的书籍，上面的照片很多，抒发的感慨也很深。可惜的是，我没有从中读出宽巷子过去的真实。旧时的宽巷子虽然已经不复存在，但它的整个容颜还深深地印在我的脑海里，那些人那些事，那些陈旧的大门和苍劲的老树，一切都清晰如新。

宽巷子的前世今生

四伯父是 1919 年来到成都的，那时的宽巷子还仍称为兴仁胡同，街道狭窄、凹凸不平，原八旗子弟的旧房破屋比比皆是，一派荒凉景象。兴仁胡同是满城内若干条小胡同之一，满城建在少城之内，按老少大小之分，少城即小城。这大城小城的形成，沿于历史，是老祖宗们留下来的说法，也是我们今人寻根溯源的一道轨迹。

公元前 316 年秦取蜀，后张仪筑成都城，于公元前 311 年筑城中城少城，移秦民万户。晋时平夷少城，至隋扩筑城垣，唐代筑外城罗城，将大小城包罗为一体，地处小城的宽巷子遂紧靠在大城城墙之内。宋末和清初少城两次被严重摧毁，地面建筑几乎荡然无存，"城中雄繁十万户，朱门甲第何峥嵘。锦机玉工不知数，深夜穷巷闻吹笙"的景象成为过眼烟云。

到康熙五十三年（1714）开始重建成都大城，四年后又在原少城范围内开建满城，作为八旗营地专用。御制《将军箴》说："八旗禁旅，生聚帝都，日增月盛，分驻寰区，星罗棋布，奕禩良谟。"八旗营地既是军事上战备的需要，同时也是清王朝执行旗汉分治的措施之一。满城内最初八旗官兵中满族占三分之二，蒙古族占三分之一。旗兵共二十四甲，满洲八旗十六甲，蒙古八旗八甲。满城内每旗驻兵设官街一条，共计八条，每旗披甲兵丁小胡同三至五条，共计三十三条。宽巷子为镶红旗，相邻的窄巷子为正红旗，实业街为镶白旗，栅子街为正黄旗。满族的各旗相当于各个部落或种族，如和珅、老舍为正红旗，珍妃为镶红旗，曹雪芹为正白旗。

满城内设有将军衙门，左、右司府，恩赏库，都统衙门，火药局，兵器库以及八旗子弟学堂等。由于满城内无论兵丁还是官长，均可携带家眷，因此满城从初始的两千来人发展到后来的两万多人，逐步演变为生活区，再逐步形成大大小小的街巷胡同。按照清政府的初衷，这些旗人和他们的子弟应日习武功，夜读华章，方可成为王朝之根固。然而天长日久，随着战事偃息，生活平稳，八旗子弟在此地优哉游哉生活了近两百年，往昔那种金戈铁马的气概早已消失得无影无踪，八旗子弟后来也成为游手好闲、碌碌无为的代名词了。

随着 20 世纪初四川保路运动和中国辛亥革命的冲击，清王朝崩塌，再加上后来连年的军阀混战，少城内的八旗子弟早已没有了踪影。就在八旗子弟曾经生活过的废墟上，逐渐建造起三种格调的房屋：一是具有明清传统特色的深宅独院，二是带有西洋风格的小洋楼，三是简易的铺板房。宅院自然是当时的豪绅官宦在这里买田置地建造起来的，小洋楼铺板房则是由进入中国腹地的洋人以教会和慈善会的名义建造起来的。

18 世纪末，西方教廷就在成都设立了天主教代牧区，后由法籍神父骆书雅于 1904 年建成平安桥天主堂，内有大小经堂、圣母无染原罪堂和主教公署。在广施布教的过程中，又于平安桥周边的街巷购得数块地皮，建起不少各类房屋，有医院、学校、楼阁，也有大片的民宅，其中在宽巷子的房产约有二十余间铺板房。这类铺板房属木瓦结

宽巷子砖木结构楼房　1998年　齐鸿摄影

构，一般是三进，第一进、第二进住人，第三进是半敞的厨房。当街的门面是可以拆卸的木板，屋内的采光全靠屋顶安装的亮瓦，每间铺板房之间用竹篾相隔，上面敷一层黄泥，用石灰水刷上薄薄的一层。源源不断拥入城市的农民，后来形成普通的城市贫民，相互拥挤着住在铺板房内，与巷子里的达官贵人和少许的卷毛洋人以不同的生活方式在并不宽敞的宽巷子里度过了半个多世纪。而这里所有的建筑，中式的、西式的以及不土不洋的，无不弥漫着封建和殖民的气息，许久不曾散去。

　　到了 20 世纪 50 年代初，随着成都和平解放，巷子里居住的人群发生了变化，原先住在深宅大院里的有钱人多数早已弃家逃离，没有跑脱的也规规矩矩将房产交给了新政府。大院里住的人不再是单家独户，地方政府将院子里的所有房屋作为统一掌配的物资，安排进各种公职人员以及旧政府遗留下来和旧军队遣返下来的人员，大院逐步演变为大杂院。教会所有的铺板房也曾被收归于政府，直到 70 年代后期才又归还给教会。那时慈善会已不存在，原慈善会名义下的房产就一直由房管部门掌握着。没有变化的是居住在这些铺板房内的城市贫民，我家就是其中之一。

　　20 世纪 50 年代末是宽巷子居住人口的膨胀期，主要原因是当时市政建设的需要，市区其他地方拆迁搬来了不少住户。以 45 号院为例，原先只有五六户住家，有八九亩空地还种着蔬菜。那座院子是崇州一位大地主购置的地盘，到手时正遇日机轰炸成都，等到抗战结束，国内社会又动乱不堪，几经拖延，没有心思再建造房屋，于是从家乡找来几户农民，搭建起几座茅草屋，挖出一口偌大的深井，就在院子里种起菜来。这种状况一直延续到 1957 年，东华门一带扩建体育场，其中有三十多户居民被安置在这片菜地上，昔日空旷清静的菜园子立即成为拥挤不堪喧闹无比的大杂院了。

宽巷子、窄巷子的日常生活

60 年代至 70 年代，宽巷子几无变化。青年人或下乡或到外地工作去了，巷子里见到的是缓缓独行的老人，偶尔路过这里来审卖物品的小商贩。梧桐树长得十分繁茂，整条巷子被树荫所覆盖，显得幽深而清静。

到 80 年代，宽巷子居住的人口突然又迅速增长起来并达到高峰，三代人、四代人同居一室的现象相当普遍，许多大院里的人在原来的侧厅、天井，甚至部分通道处搭建起简易的土砖房。为了尽可能扩大空间，有的住户还开墙破洞，掀瓦锯梁，弄出不少奇形怪状的小阁楼来。那时要到一个大院里找个人，犹如进了一个迷宫，东弯西拐，处处都是住家户，家家都是一眼可以望穿的模样，寻来问去，往往要跨错门。最为艰难的是上厕所，一个大院若干家住户几十号人就守着一个狭小的公厕来解决内急问题，往往要闹出一些矛盾和笑话。有一对年轻人结婚，不足十平方米的屋内集卧室、客厅、厨房为一体，前去祝贺的人只能在室外过道上或街檐下喝茶嗑瓜子。有位客人送去两个痰盂，新郎新娘高兴得不得了，连连欢呼道：谢谢你想得这么周到，这个东西太实用了，这下子要方便就太方便了。

进入 90 年代，改革开放带来的巨大变化也在这条巷子里显现了出来。最初是几位房地产老板，发了大财，自己修的高楼大厦不去住，跑到这条幽深的小巷里买下地皮建起私人住宅，有西式的，也有中式的。凡是中式的，都题了门匾，立了石狮石鼓。38 号院和 40 号院还相互连通，建起亭台楼阁齐全且雅味十足的庭院，取名"小观园"。这些新建的门庭和那些破旧不堪的老式院门相杂，让巷子里又飘浮起一股古香古色的味道来。

"龙堂客栈"这时应运而生了。有人在 26 号院内开设了一家简易的以接待外地旅游者为主的旅馆，对象是背包客，尤以老外居多。经常见到三三两两的外国人，穿一身脏兮兮的服装，挎着大包，拎着相

龙堂客栈　2015 年　颜佳翀摄影

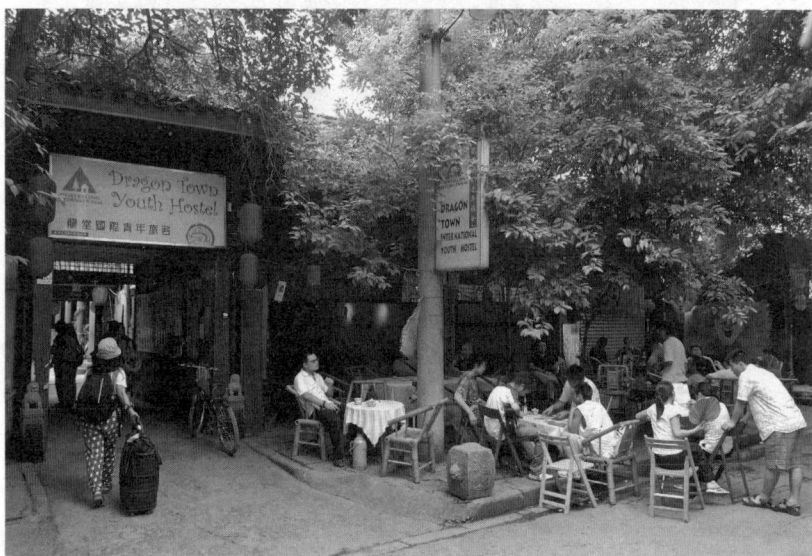

宽巷子龙堂客栈　2005 年　陈维摄影

机，兴奋地在巷子里东拍西照。越是陈旧的，他们越是喜欢，越是颐颐角角，他们越是要跨进去看个稀奇。巷子里热闹起来，拍电影电视剧外景的，拍婚纱照的，接待来宾前来参观的，几乎每天都有好几拨人。报纸杂志和地方电视台也对这条巷子的消息隔三岔五地进行了报道。不知不觉中，将宽巷子定位为成都这座历史文化名城中具有旧城风貌特征和有名片效应的街道逐渐被大家认同了。

随着新世纪来临，政府与时俱进，着力打造成都市三大历史文化保护区，其中宽巷子历史文化片区由宽巷子、窄巷子和井巷子三条平行排列的老式街道及四合院群落组成，恢复老成都"千年少城"的风貌和百年来原真建筑的风格，以期重现北方胡同文化和南方蜀文化各自的风采和互融后的结晶。宽巷子历史文化片区是属于保护性改造工程，改建后即营造出在尊重历史旧貌的前提下寻求与现代文化旅游产业相结合的经营模式，使宽巷子片区成为"老成都的底片，新都市的客厅"，宽巷子就此迎来了它生命最为辉煌的时期。

恺庐里隐没的秘密

　　如果宽巷子是老成都旧城面貌的一张名片，那么"恺庐"就是这张名片最显眼的一个标志。直到现在，"恺庐"那两个韵味十足的门匾题字和"恺庐"的整个造型布局仍被前来游览的人们颇费猜想且津津乐道，而曾经在此居住过的房主人究竟有些什么秘闻令来访者欲探无路而心怀怅然呢？

　　我的四伯父来到成都后一直住在宽巷子 10 号，而"恺庐"是 11 号，正好是两对门。后来陈西源先生搬进"恺庐"居住时，四伯父的二女儿还拜给陈西源先生做干女，我小时候曾随同我的堂姐去他家玩过，我也从四伯父那里断断续续听到过一些关于"恺庐"的事情。

　　门楣上题有"恺庐"二字的大门与其门后的建筑本是两回事，大门后的建筑是在原八旗营地废墟上最早修建的宅院之一，始建者为四川军阀王陵基部下的一位旅长。因为建得早，规模并不算太大，品字形住房显得比较狭小，每间屋的开间不宽，进深也不是很长，原有的门庭也不够气派。当时在原大门外与街面之间尚留出一空坝，本意是为进出的人停放车辆时用的。

恺庐　2015 年　颜佳翀摄影

那位旅长并没有在这里住多长时间，王陵基部在民国六年（1917）移军山东烟台时，他便将此处转卖给一位曾姓人家。曾家是开银号的，自然善于精计，于是在原大门外空坝处另立起一大门，顺势将围墙外延，让院内增加了些许面积，左边形成一个小院坝，右边打了口水井备自家使用。又从安全起见，保留了原旧大门，"恺庐"遂成为这条巷子里唯一的有两道大门的宅院。

新建的"恺庐"大门既有古韵又有新气。大门呈高耸递次弯曲的拱形，略带西洋味，这与成都当时的建筑正兴起一股欧派风格有关，宽巷子里除 11 号外，18 号、32 号、38 号院的大门也是这类仿欧式的设计。远在大邑县的刘氏庄园大片的中式建筑群里，有若干个门庭都是类似的风格。

然而"恺庐"的确有与众不同之处。首先它的方位就给人一种怪怪的感觉，巷子里所有院落的大门要么坐北朝南，要么坐南朝北，唯独"恺庐"是背靠东南面向西北。四伯父说，别人的老家在郫县，殷实富足，大门向着祖先之灵，时刻提醒自己不忘祖恩，咋不可以朝这个方向开？

其次，"恺庐"门楣的上方嵌入的是中式石匾，匾上"恺庐"两字既有钟鼎文风格又略带大篆味，路过者几乎无人能识。走遍成都大街小巷，这样的书体大概唯此一家，这就更加重了"恺庐"的神秘性。不少人根据现代汉语词典中对"恺"字的注释为快乐自在之意，也就简单地将"恺庐"理解为房主人是取意为这里是快乐之家，这就有失肤浅了。

旧时对人对物的命名颇为讲究，其寓意含蓄深沉，是不会这样直白地来表达的。"恺"字在古代曾是一种姓氏，出自颛顼帝高阳氏之后，"高阳氏有才子八人，谓之八恺……又有才子八人谓之八元。此十六族者，世济其美，不陨其名。以揆百事，莫不时序，父义、母慈、兄友、弟恭、子孝，内平外成。"八恺的后裔有以先祖称号为姓氏者称恺氏。恺氏后裔又因改朝换代遭受到祸灭九族之难，逃出几个兄弟约定以后分别他姓，但见面仍是恺氏一家，以后的子孙只准念书，不准当官，这样一来"恺"字在他们的心目中又有了齐聚团圆安定和睦之意。因"恺"与"凯"二字通假，到现在恺姓者多已改称凯氏。因此，将"恺庐"理解为团聚祥和之地或这里就是恺姓人家较为妥帖。

"文化大革命"中红卫兵破"四旧"，审视了许久也弄不清这两个字蕴含的封建思想是什么内容，架起梯子用铁锤砸了半天，只将"庐"字砸掉个缺口。按这破损字的读法，"恺庐"变成"恺里"，院坝会误认为是巷子了。

曾家所有人都养成行为隐秘谨慎的习惯，"恺庐"的大门整天似乎都紧闭着，只有早上他家的私包人力车来拉小孩上学主人上班时，才能听到院内传来一阵吆喝声和人力车在巷子里飞跑时车铃的叮当声。

"恺庐"的第三位房主人是陈西源先生，他一家入住"恺庐"是刘文辉二十四军从雅安移驻成都以后的事情了。陈先生原是二十四军少将，任川西电台台长。有人称，蒋介石到成都时曾经来过宽巷子并进了"恺庐"拜望陈先生，这是子虚乌有的事。陈先生并不是好大一个官，蒋介石是没有必要走到这里来见一个普通的下属的。还有传说称：刘文辉起义时给解放军的降电就是在"恺庐"内发出的，这更是大笑话了。陈西源虽是电台台长，但他的住宅却不是电台报务场所，这是风马牛不相及的两码事。刘文辉起义时是同邓锡侯等几位国民党旧部在离成都四十公里外的彭州发出的通电，那几天形势相当紧张，蒋介石早已安排有其他部队监视刘部，刘文辉连自己在成都的家中也不敢停留，还能在这"恺庐"里悠然自得地发收电文么？

蒋委员长没进过"恺庐"，我小时候倒是常常进出。进"恺庐"门紧接着进中式门庭，到院内不能直穿直过，需从门庭左右两侧的小门进入。向右入是一个小花园，紧靠墙边爬满矮牵牛，墙角处是一眼水井。水井口很小，刚好能放下一只水桶，井沿是用青砂石砌成，高约三十厘米，井台被脚磨得锃亮。井壁用青砖一层层砌成上小下大的圆柱形，湿冷黝黑的缝隙里，藏着仔细看才能发现的青苔。井口离水面也就三米左右，我小时常随我的两位堂姐去那口井取水，她们提出水，我帮忙抬回四伯父家。好几次我想学着提水，因为那水井修得不仅好看，而且有安全感，不会让人觉得会掉下去。但堂姐始终没有答应过我。现在想想也是，那口井虽说不容易掉人下去，但掉下去了也是不容易弄上来的。

向左入是一个小空坝，三合土地面，没栽花草，只在靠墙处有几棵桂花树，这里是房主人闻鸡起舞踏雪寻剑的地方。在左右之间可以看到品字形三排中式平房，雕花窗棂，屋檐下吊着兰草，屋里地面上镶嵌着木板，有些地板已变形，踩上去立即发出难听的吱吱声。

成都和平解放后，陈西源先生在地方上挂个闲职，仍住在老地方。他是个和善的长辈，见了谁都会微微点头以示招呼。有段时间因四伯父做蔬菜生意，我和堂姐堂兄常在他家门口整理蔬菜，顺便从他家井里提水来草草冲洗，难免要影响到他的进出，他左绕右避，从来没有斥责过我们。

他的子女多，十一个，刚好和门牌号相符。令人不可思议的是，他的小孩从第一个到第十个竟全是女儿。陈先生不甘心，将老十取名为"满满"，希望家中降临的女娃到此为止，决心再生一个试试。皇天不负有心人，果然生出来的老幺是个儿子，大号就叫十一弟。这很容易让人觉得陈先生才是真资格的"超生游击队队长"。那时他家的住房很像一所简陋的幼儿园，屋子里摆满了小床，每张床边置一痰盂和一小方凳，方凳上堆放着一些生活用品。有两位昔日陈先生的勤务兵，一个姓李，另一个姓简，一直与他全家生活在一起，为他照看众多的小孩，并一如既往地承担着日常琐事。陈家的生活相对来说还比较平静，直到20世纪60年代因"文化大革命"的冲击，各方面条件急剧恶化，一家人靠制作折扇为生。不久之后，他家就迁居别处，离开这个别具一格的"恺庐"了。

现在的"恺庐"是宽巷子里极少的没有被拆除的房屋之一，每当我路过那里，看到那两个有着亘古久远韵味的字迹，年复一年附着在青黑色砖墙上的杂草，怀念旧时巷子里所有一切的情绪便会从心底里油然而生。

风雨如磐的日子

盘踞在少城中长达两百年之久的八旗营地消失后，新的宽巷子人氏在新的朝代萌动着崭新的希望，他们以为战争已经远离而去，每天随着太阳升起的必然都是蓝天白云晴空朗朗。然而在接下来近四十年的岁月里，鬼魅般的硝烟却不时飘浮在这个城市的上空，让居住在巷子里的人——有钱的无钱的，高贵的低贱的，随时都处于提心吊胆心存恐惧之中。

如果说春秋之争无义战，那么四川军阀之间的此消彼长则纯粹是一系列的混战。近代四川军阀可谓派系林立，武备系、速成系、保定系、军官系，混杂成一条弱肉强食的食物链。为了发展个人势力，他们之间纷纷拉帮结派，以同学为名，以乡谊为号，师生相杀，叔侄火并，长期混战不停。从1912年到1933年，共发生大小军阀混战四百七十多次，最终以侄子刘湘打败叔叔刘文辉，四川军阀间的混战方告终结。

在这些军阀混战的背后，又有各色各样的外来殖民者在撑腰打气，以提供物资资金为饵，以势力划分为诱，假军阀之争，行谋取己利之实。

战乱必然导致社会动荡，经济凋敝，生活艰难。"在这条巷子里，从来就没有见到过民权是个什么样子，只见到过家无隔夜粮、身无双重衣的所谓民生。三民主义，拿给那些大军阀整成扰民坑民害民的主义。"新中国成立后四伯父拄着拐杖对我说，"今天是这个部队掌权，明天是那个部队执政，有钱只想着买枪炮，无钱就想方设法搜刮老百姓。""我参加过袍哥组织，袍哥组织比政府好，有困难可以相互帮忙，有问题可以斡旋调停。哪像狗屁政府，朝令夕改，政出多门，贪赃枉法，干尽坏事。"四伯父在巷子里还算是混得不错的，他也时常要为第二天的生活没有着落而犯愁。尤令他气愤的是，他的大儿子在一次外出时也被强行抓去当了兵，逃跑出来的路上又遭强盗抢劫，吓得不敢再回家，寓寄他乡，多年后才与家中取得联系。

军阀混战让成都的民众处于水深火热之中，日寇飞机的狂轰滥炸则让成都的老百姓生灵涂炭，生命和财产蒙受了巨大的损失。抗日战争中，自1938年11月上旬日机首次空袭成都起，至1944年12月底止，成都遭受到日机轰炸二十余次，死千余人，伤者无数，大片房屋倒塌，不少街道成为焦土。

母亲给我讲过她在那段时期的遭遇，其中1939年6月的一天傍晚，日机在盐市口一带投掷炸弹，东大街、提督街、顺城街一带的街巷被炸成废墟。

"我那时就在宽巷子2号院子里当用人，巷子里没地方躲，跟主人家大人娃娃朝少城公园楠木林跑。我抱着娃娃，主人提着皮箱，走不快。一会儿飞机就来了，听见飞机在头上响，不敢抬头看。听见爆炸声，像打闷雷。楠木林里人挤人，都往中间挤。那天这里没有炸死人，结果踩死了一个太婆。我们天快黑了才回到主人的家里，听说盐市口那边炸死了两百多人，脚都吓软了。

"第二年，记得是 10 月间，东门外头被炸，我去看你们舅舅还在不在，只见田边地角、河沟里、林盘里到处都是死人，有的被炸成肉泥，有的被烧成黑乎乎的炭块。好几天晚上我不敢闭眼睛，惨啊！活生生的人，一下子就成这样了。"

母亲在那几年里的轰炸中，多数情况下就躲在少城公园里，因为那里离宽巷子的家不远，离她干活儿的地方也很近，"又有树林子，又有桥洞，日本鬼子咋会看到你嘛，那么多次都没有炸到这里，所以次次响警报都会往那里去。"

但是最惨烈的一次轰炸恰恰就发生在这少城公园内。

这是 1941 年的一天，临近中午了，母亲正回到宽巷子的家中做饭，听到空袭警报声，当时是烧的柴灶，饭还没熟，心想要过一会儿才会拉紧急警报，于是坚持烧好饭，灭了火，这才匆匆出门。出门刚几步就听到紧急警报拉响，疾走到宽巷子东头时猛然传来几声震耳欲聋的爆炸声，随即看到前方不远处的上空冒起一团团浓烟。此时母亲还没有明白是怎么回事，还打算加快脚步赶到公园那个安全的地方去。炸弹声在不断地传来，街上的人在东奔西跑，惊恐声此起彼伏。刚拐上长顺街，一股人流扑面而来，大呼快往同仁路、三洞桥方向躲，少城公园被炸了！慌乱中母亲六神无主，只好倒转身顺人流从宽巷子东头折向西头，又沿同仁路向城墙外的三洞桥跑。"嘴巴干，出不赢气，觉得要死慌了。刚到二道桥，那边又跑过来一大群人，说是'三洞桥也遭炸惨了'。"此时爆炸声、空袭警报声、防空炮弹声以及惊恐呼叫声不绝于耳，头顶上硝烟弥漫，不时有被炸毁的砖头瓦块和残缺不全的胳膊腿杆落下来。"跑也跑不动了，躲也躲不脱了，我们又返回来到宽巷子口子上，挤在白果树底下等死。"

后来母亲才得知，这次日机轰炸是六年里二十多次轰炸中规模最大，造成人员伤亡和财产损失最严重的一次。国民党部队所在的南、北、西校场，以辛亥秋保路纪念碑为中心的少城公园和旧皇城，民居集中的长顺街、三洞桥，均是日机狂轰滥炸的目标。轰炸共投掷各类炸弹近五百枚，其中重磅炸弹四百枚，另外还有四十多枚燃烧弹。全市八十多条街巷被炸毁，烧毁房屋三千二百余间，轻、重伤一千三百多人，死亡近六百人。城内重灾区是少城公园，城外重灾区是三洞桥，而这两个地点正是成都西区市民之前躲避日机空袭的主要藏身之地。少城公园里遇难人之多，屋檐下、树林中、花架下、池塘边和土山脚的掩体里，尸陈狼藉，血流满地。有的死者头、脚、手被炸飞挂在树枝上、粘在墙壁上、甩在屋顶上。

血，凝固着，仇和恨融于其中，逝者不会瞑目，生者不会遗忘，后世之人则会铭记于心。

宽巷子有幸躲过此劫，它处于少城公园、长顺街、西校场和三洞桥之间，像是藏进了台风眼。母亲有幸躲过此劫，仅仅是为了节约柴火，为了煮熟一餐填饱肚子的饭。

抗战结束后，国统区内的老百姓要想填饱自己的肚子仍然十分艰难。通货膨胀、物价飞涨、苛捐杂税、偷盗成风成为当时成都市民最为愤慨的社会现象。国民党政府财源枯竭，不惜大量发行纸钞，一年后造成金圆券大幅度贬值，"一个锅盔原来只卖两分钱，那时要卖五百元。"父亲给我讲，"一口棺材以前不过四百元，那时涨到两百万。死人都死不起了，你说咋个活？"

新中国成立时我还小，在四伯父家曾要来一大沓金圆券，四伯父慷慨地说："随便拿，这东西还当不了草纸，揩屁股又硬又滑。"但我觉得用它们折纸飞机和三尖角玩正合适。四伯父还喋喋不休地愤然道："那时搞得简直不像话，老蒋只会印票子，物价飞涨民不聊生。提一口袋的钱还买不回一口袋的米，还这样税那样税地不断搜刮老百姓。听说过这句话没有：自古未闻屎有税，而今只有屁无捐。真的是民国万税，天下太贫。怪不得老百姓要骂国民党。"

骂，肯定是骂不垮国民党的。但国统区内的民众在那些岁月里食不果腹、衣不御寒的生活状况，也多少证明了当时国民党的气数的确已尽矣。

古城墙　严遵观　银杏树

　　宽巷子镶红旗营盘只在地方志上有简短的文字记载，发黄的照片没有留下一张，地面上也无片瓦可寻，民国初期逐渐建造起来的私人公馆和民宅早已湮没了昔日的所有痕迹。巷子里私人公馆的面积都不算大，建筑物不像北京四合院那样宽敞，也不如山西富豪大家的院子那般气派。小洋房当然也不能体现宽巷子的民风古韵，更难从中挖出幽深灿烂的历史。只有紧靠巷子西头残破的古城墙，才能多少说明它曾有过的沧桑岁月。

　　从我家到巷子东头约需八分钟，到西头只需一分钟，爬上城墙也不过五分钟。城墙高约五丈，宽约二丈五，全长约二十二里。原来的城墙砖有八十一层，我能看到的已是残存的零星砖体，偶尔在墙根处辨别得出三层压脚石。攀上城墙，到处是杂草丛生，早已不见女墙和垛口的影子，不远处原有一守备仓，此时也只剩下几块草丛覆盖着的基坑。放眼向城外望去，护城河水如练，田野阡陌翠绿，麦苗拔节时菜花一片金黄。若是雨后放晴，还能看到很远处群山的影子。春秋两季，城墙上满是放风筝卖小吃的人，热闹非凡。平常日子里，我们则在城墙上下打游击捉迷藏捕蟋蟀，或挖墙根的黄土制成盒子炮，用铅笔芯涂抹得油黑锃亮，赛过现在的仿真手枪。回想起那时的情景，觉得那千疮百孔的老城墙竟和鲁迅先生笔下的百草园一样，充满了无穷的乐趣。

在宽巷子巷口和老城墙之间，有两棵三百多年的银杏树，巨大的枝蔓覆盖了很大的空间，漂亮的树叶浓密深翠，地面上露出来的树根虬龙盘缠，可坐数十人在此纳凉。银杏树又叫白果树，还有的叫公孙树，须雌雄二株在一起方能结果。树荫下有卖茶水凉粉绿豆稀饭的，有倒糖饼划甘蔗叫卖卤肉夹锅盔的。卖狗皮膏药和各种神秘单方的也常在树下扯圈子摆场子，使得银杏树下成为一座快活林。特别是每年一度秋末收白果的时候，成百上千的人围聚在银杏树下，七八个身手敏捷的汉子爬上树，各人手持一长竹竿往一串串白果扇去，树下有专门维持场面和负责收集掉落在地的白果的人。白果成熟时外层有一薄薄的果衣，呈黄褐色，去掉果衣，流出的汁浆立刻会变成黑褐色，奇臭无比。然而洗净白果，露出白生生的果壳，如胖乎乎的珠贝，那就十分令人喜爱了。我们这些小孩此时最为兴奋激动，不顾白果落下时枪林弹雨般的打击，也不顾守护秩序的大人们的拳打脚踢，不时冲入内圈拾起白果就跑。如此反复几次，收获颇丰，拿回家放入柴灶用滚烫的柴灰盖住，咽着口水焦急地等待着。不一会儿，柴灶里会发出接二连三的爆裂声，用火钳将炸裂开的白果取出，果仁已烤熟，不待上面的灶灰是否吹净，迅速放入嘴中享受着，那种感觉真是香美绝伦，愉快无比。

就在银杏树的正对面，那时还有一座面目全非的古庙"严遵观"。严遵观不算大，沿红砂石台阶拾级而上，有一三十多平方米宽的庙观，周围立有木栅栏，我小时候还看见过那尊塑像，坐姿，黑不溜秋的，脸上已看不清眉目，也不见什么香火。后来庙观周围住满了闲杂人员，将这位仙人不知挤到哪里去了。

严遵是西汉末期人，原名庄遵，字君平，汉书忌讳汉明帝刘庄的名，才将其改为严遵。严遵出生在彭州君平乡洗心庄，一生淡泊名利，不愿为官，卖卜于成都、彭州、邛崃、广汉、绵竹等地，每天占卜得百许文钱够基本生活就行了，然后就关门落帘读书。

严遵五十岁后归隐，静心著述，授徒于郫县平乐山，九十一岁去世。在平乐山生活的四十多年中，他提出了"王莽服诛，光武中兴"的预言，在山上培养出了得意弟子扬雄，写出了两部重要的著作《道德真经指归》和《易经骨髓》。

李白诗曰："君平既弃世，世亦弃君平。观变穷太易，探元化群生。寂寞缀道论，空帘闭幽情……"由此足见严遵对后世还是很有影响的。

银杏树的后面原来还有一宽大厚实的照壁，正中有一斗大的福字，字的左上方有一破洞。民间传说那破洞里本来封藏有一宝剑，所以福字可以移动，几乎无人能用任何器械凿到它。后来宝剑被人盗走，福字也就此不动，灵光不显了。我小时常凝望着那个福字，头脑里充满了乱七八糟美妙无比的遐想。后来我读到"富人修庙，穷人磕头，越修越富，越磕越穷"，心里也就释然了。如今照壁也没有了，原址修建了一个中式门枋，连通后面一个大院，门口挂牌为成都画院。

岁月流逝，星汉依然。破旧的老院子和小洋楼消失了，古城墙和仙人观也没有了踪迹，唯有那两棵银杏树至今仍傲然挺立，苍翠如故。

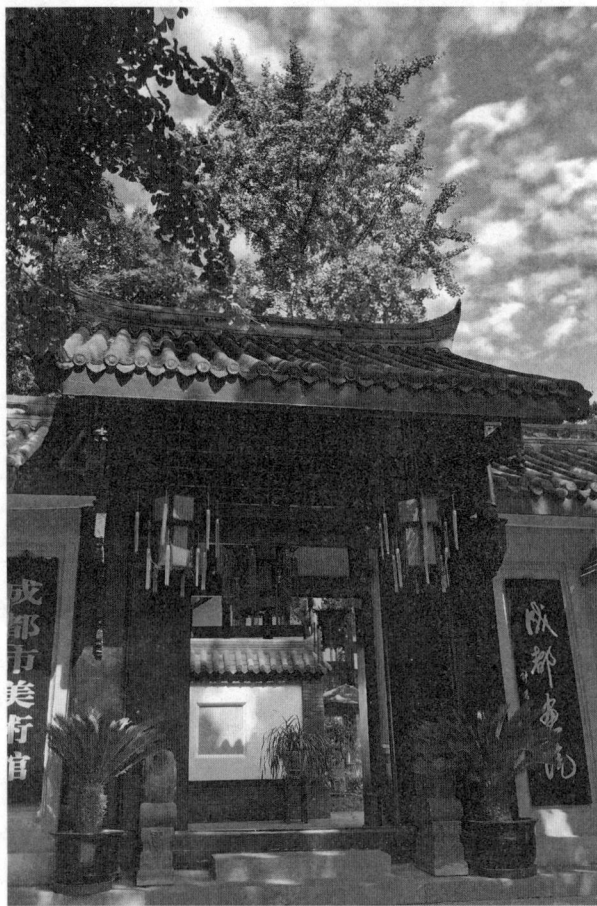

成都画院　2015 年　颜佳翀摄影

茶馆饭馆与烧腊摊

　　那时宽巷子在巷子东头与长顺上街相接的地方有两家小饭馆和一个叫宽泉的茶铺。其中一家饭馆是姓杨的老两口开的，他们在街角一棵大皂角树（这棵大皂角树至今还在，是进入宽巷子的一个显著标志）下再撑起一把大洋油布伞，置一高高的长木桌，上面有七八个小木盆分别盛着几样炒菜，顾客点什么菜，杨大妈就迅速地用勺子分在碟子里。杨大爷则负责打饭，一个大木甑子冒着热气，旁边一个清水碗里放一木勺，根据顾客需要，杨大爷总是先舀一勺在饭碗里摊平，然后用另一小碗盛满后扣在先前的饭碗里，形成很好看的圆弧状，俗称"冒窝头"。扣一碗，一碗半，或扣两碗，随客自报。来这里的食客基本上是拉板车或人力车的脚力，还有附近菜市场上的小摊贩和部分过路客。少数顾客能有座位坐着吃，多数是蹲在地上或端在手上站着吃，吃完一边抹嘴一边将饭钱交给杨大妈。也有熟客每次来吃了就走，十天半月后才累计付账的。

　　杨大妈的饭馆有点像现在的快餐店，而另一家则是个像模像样的饭馆。虽然只有三张破旧的小方桌，但坐凳是配齐了的。炒菜的灶台临街而立，烧着绌炭，火苗蹿得老高。炒菜师傅用一张湿毛巾——雅号叫帮手——紧紧握住烧得发红的小铁耳锅，手腕不停地翻转着，让铁锅里的菜喝着滚烫的油，打着跟斗，发出满意的吱吱吱的欢叫声。跑堂的伙计灵醒地招呼着顾客，高声地复诵着顾客点的菜名：三号两位回锅肉一份凉拌三丝小碟雪豆肘子中碗八两白干再添一烧肥肠！声音洪亮清晰，像在唱歌。顾客吃好喝足要结账时，这位伙计一边用眼睛扫视着满桌的菜碗菜碟菜盘一边就流畅地报道：豆腐鱼四毛盐煎肉三毛五七毛五芹菜肉丝二毛九毛五白酒四两三毛二一元二毛七饭六两二毛四一元五毛一收一元五。像是在念绕口令，丝丝入扣，绝无差错。

到了傍晚，这里会出现一些烧腊摊子，点着蜡烛和蚊香，摊子上摆着卤成酱红色的鸡爪鸡翅鸡肝，肥实敦厚的卤猪头和露出杂乱毛茬的猪尾巴，在摇曳不定的烛光中闪着诱人的油光。

这时，紧邻饭馆旁的名叫宽泉的茶铺也迎来了每天的幸福时光，昏黄的汽灯下茶客们纷纷落座，呼朋唤友的嗓门儿百步开外也能听见。少许，唱道筒的先生着一长衫登上一小木台，全场也才渐渐安静下来。先生不慌不忙慢条斯理呷了两口茶，清了清嗓音，再拍拍衣襟，左手缓缓握住两个长约一米顶端弯曲的竹片，左手肘托住长约一米的黑漆竹筒，右手除大拇指靠在竹筒尾部外，其余四指轻轻地击打蒙在尾部的鼓皮，发出单调低沉的响声。这个过程很简单，但先生每次都要耗上很长时间。好不容易先生闭上眼睛了，茶客们这才松了口气，仿佛看到舞台的大幕徐徐拉开，于是屏住呼吸，张着大嘴，有的还流着哈喇子，享受着此时此刻此地才有的高雅艺术和精神大餐。

据老辈们讲，当时成都大街小巷约五百条，茶馆就有近四百家。稍大一点的茶馆里竹靠椅、小方桌、三件套盖碗茶具、老虎灶、瓮子锅、紫铜壶等是完全齐备的，有的还有随时可以表演评书相声单簧金钱板莲花闹的演出台。茶馆内卖报的、擦鞋的、修脚的、端颈按摩掏耳朵的、卖瓜子胡豆和纸烟水烟的，穿梭往来，场面十分火热。正所谓"杯中乾坤大，壶里日月长"，小茶馆大社会，三教九流在这里汇聚，南来北往之客也在这里歇留，谋财之人可以在此商谈生意，赋闲之人也可以在此消磨时光。当然茶馆里也时有獐头鼠目之类的人出没，搞些坑蒙拐骗的害人勾当。

我小时随同四伯父和我父亲进过茶铺，至今还有印象。刚一落座，只见堂倌从手掌到胳膊托一大堆茶具来到桌前，问明来客所需茶品，瞬间茶船已滑到每个客人面前，再将盖碗端放到茶船上，然后一手提壶，一手翻盖，滚烫的开水悬空一丝白线泻入茶碗，迅即盖好盖，其动作敏捷却又从容潇洒，吆喝一声"请慢用"迅即转身到别处掺茶去了。

四伯父讲，这茶盖谓之天，茶船谓之地，这茶杯喻之人，茶水冲上，盖子一盖，意思就是天地人和。他还给我讲过茶铺里的许多故事，其中黄济川茶馆得道一事我至今还记得。

黄济川年轻时学木匠手艺，患了痔疮，四处求医均未治愈，后来在茶铺里遇到个游走郎中钟心裕，用奇特的挂线疗法，很快就将他治好了。他要改拜钟心裕为师，钟却坚决不收，说虽然十男九痔，求医的人不少，但这门手艺只能糊口，不能发财，叫黄济川还是另行高就。

久求无果，黄济川已感失望，有一次在茶馆里看到地上有一张银票，连忙捡起来，高声喊叫是谁的银票掉了，并且爽快地将银票交还给了失主，失主要用二十两银子谢他，他却分文不收。这时恰好钟心裕也在茶馆里，将此事看得一清二楚，便将他喊过来收为徒弟，将挂线疗法和治痔疮的丹药秘方全部传授给他。钟心裕说："我有两个儿子想学我的医术我都没教，原因在于他们把钱看得太重了。医者，仁术也。我将此术传授给你，你要济人于世，不要以名利为本，望切记之!"

黄济川谨遵师嘱，悬壶济世，仗义疏财，医治好了很多病人。成都和平解放后，政府为了让他的医术能得到更好的发扬，拨出专款为他在祠堂街少城公园对面建了一座"黄济川痔瘘专科医院"，并由他出任院长。我听了这个故事很为感动，甚至产生了想得痔疮也让他给治治的念头，可惜一直没得，未能如愿。

家住宽巷子

黯然消失了的向阳巷

也许已经没有人会记得这条巷子曾经有个好听的名字——向阳巷，正如已经没有人会记得在那场混沌不堪的"文化大革命"运动中这条巷子里曾经发生过的一些不可思议的荒唐事。

"文革"初期红卫兵大破"四旧"时，宽巷子被改称为向阳巷，这个名称用了近十年的时间，直到"文革"结束，才恢复了原来的老街名。当时大家都还认同向阳巷这个新鲜的名字，觉得这个改动既符合破旧立新的风潮，又显得亲切妥帖。早上，太阳从巷子的东头升起，下午从西头落下，整条巷子全天都处在阳光之下，称为向阳巷倒是名副其实的。若是没有后来一系列的混乱和再后来的拨乱反正，也许这条巷子还真不叫宽巷子，而是叫向阳巷了。

随着名称的改变，紧接着是一股红色的浪潮席卷全巷。每家每户的门上、铺板上，或是院子的墙壁上，都被喷上了毛主席语录，有的院子的大门上方还悬挂着领袖像。那时你无论走进巷子里任何一位住户的家中，都会发现有这几样东西摆放在最显眼的地方，一是语录本，二是石膏像，三是纪念章。

有位老工人，对毛主席十分虔诚，每天都要仔细擦拭这几件物品，殊不知某一天竟失手摔坏了石膏像。他惊恐万分，深感有罪，又怕别人知道告发后被批斗坐牢，吓得彻夜不眠。第二天他终于想出一个妙招，用糨糊将断裂的石膏像勉强黏合起来，恭恭敬敬摆放在原来的位置上，长长地吁了一口气。过了一会儿，又觉不妥，因为糨糊干了以后，黏合的石膏像有明显的疤痕，且疤痕正处在重要部位。他左思右想，苦无良策来弥补这一缺陷。突然他发现儿子书写大字报后放在家里的毛笔和墨汁，狂喜，立即用笔蘸满墨汁将石膏像涂了个遍。等墨汁一干，他看着那尊石膏像，神情呆若木鸡。石膏像上的裂缝倒是看不见了，但整个石膏像也变得面目全非，哪里还敢摆放在外！扔掉吗？也不敢。毁掉吗？更不敢。这位老工人被这尊石膏像弄得来坐卧不宁，差点儿成了精神病。几天后儿子回到家里知道了这件事，二话没说，揣在身上给带走了。

宽巷子里有几户人家被红卫兵抄家了，我知道的有 3 号陈家，24 号李家，38 号许家。我四伯父家也被查抄过。四伯父在国民党部队里任过职，我小时曾见过他的一张戎装照，光头，身着武装带，极像蒋委员长。新中国成立后四伯父有很长一段时间被人民政府实行管制，"文化大革命"一来，他自然跑不脱被抄家被批斗的厄运。正是在这段混乱的岁月里，我家里从祖上传下来的唯一一本家谱给遗失了。

随着"文化大革命"的深入，巷子里原本是友好邻居的，只因为观点不同而反目成仇，不再相互往来。原本是一家人亲密无间的，也是由于政治派别有异而形同路人。我家隔壁李氏姊妹有位外地亲戚，带着礼品大老远来看望她们，开初大家还很亲热地摆着家常，谈着谈着，发觉双方的政治观点不一致，态度瞬间变了样，由争论发展到谩骂，由谩骂发展到抓扯。旁边有人相劝道：快中午了，这是你家的客人，好歹也应该弄点饭招待别人吧。李氏姊妹大呼：革命又不是请客吃饭，为什么要招待他！客人也气呼呼夺回送出手的礼品发狠道：革命也不是请客送礼，对你们仁慈了，简直就是对人民的残忍！

还有令人哭笑不得的事。29号院大门上某天上午贴出一张大字报，内容大致如下：严正申明！！！誓与×××脱离母子关系！！！×××，思想一贯反动，坚持资产阶级立场，大肆宣扬修正主义，是可忍，孰不可忍！？为此，从即日起，本人宣布与×××脱离母子关系，彻底划清阶级路线，誓做无产阶级革命事业的接班人！炮轰×××！批臭×××！打倒×××！无产阶级文化大革命万岁！万万岁！！！

据我所知，×××为一小学教师，贴大字报者为一初二学生。母子俩闹矛盾仅仅因为各自参加的群众组织观点不同而已。

下面这件事却叫人欲哭无泪了。一位老职工，老伴早已去世，膝下只有一个儿子在外地读中专，因参与武斗被打死了。有关方面找到老职工，要他前去认尸，并签字确认以便火化。老职工因与儿子的观点不同，冷冷地对来人说道：他反对毛主席的革命路线，他不是我儿子。他罪该万死，死了喂狗也不可惜。我不签字，随便你们怎么处理。若干年后，我曾看见过这位老人，一头白发零乱地随风飘忽，佝偻着腰背，默默地在巷子里孑然独行。

"文革"中期社会十分混乱，巷子里的人们白天为避武斗流弹伤人而足不出户，晚上为防歹人撬门抢劫而紧闭房屋。任何时候举目一望，巷子里空旷无比，几乎见不到人影。充满了阳光的向阳巷竟如此冷清，"文化革命"也没带来一丝丝文明，反而在巷子深处不时冒出一些莫名其妙匪夷所思的事情来。

有个姓姚的，部队复员后回到巷子里安了家，有个小女儿。他是本本分分一个人，外出时被一伙不明身份的人误认为对立派，挨了一顿暴打，丢在黑屋里关了好几天才放出来，身体受到严重摧残，精神也受到很大刺激。半年后某一天，他爱人抱着女儿提着垃圾刚往门外走，他突然操起一把菜刀从后面向他爱人肩上砍去。他爱人倒在地上回头用惊恐的眼神望着他，一时不明白是怎么回事。他又挥刀砍去。此时他女儿脸上沾满了母亲的血，吓得大哭起来，他爱人也开始狂呼杀人啦救命啊！姚某人左手叉腰右手挥刀高呼道：千万不要忘记阶级斗争！敌人不投降就叫他灭亡！"文化大革命"就是好！牛鬼蛇神跑不了！哈哈哈哈……后来，他爱人与他离了婚带着女儿离开了向阳巷，他离开了向阳巷去了精神病医院。

这事过了不久，向阳巷里又出了一桩命案。3号院里有个叫周树忠者，其姓名可能是大树特树无限忠于的意思，与一姓吴的街邻发生了矛盾，后寻机将吴杀死，然后分尸，胡乱塞入家中沙发内，再用三轮车运至郊外草草掩埋。此案告破后，周树忠被枪毙，判决布告是劳动节前两天贴出来的。不知人们还有没有这种印象，那几年逢年过节根本没有任何节日气氛，但都会有这样的节目：判一些人的刑，杀一些人的头，让更多的一些人明白无产阶级专政是牢不可破的。

幸好这样的事没有再出现过，幸好因"文革"的结束向阳巷的称呼也随之而消失。巷子的名称恢复为宽巷子后，太阳依然从巷子的东头升起，从西头落下。

巷子里的
曲折人生

深宅大院曲折路

　　宽巷子里有一处曾经十分显赫的院落，其大门门檐外有三级石阶，门两侧立有石狮，厚实的黑漆大门上两副铜环闪着金属的光泽。跨进大门，绕过影壁，能看见两棵高大的槐树，沿一条碎花石镶嵌的小径往里走，在曲折蜿蜒的路两旁筑有鱼池和盆景台，草地里栽着各种花木并置有石桌和石凳。院内的主宅高大宽敞，正中的厅堂设有神龛，神龛两侧有副对子，书曰：无所从来何有相，得成于忍不生心。平时神龛上设有供果且早晚香火不断。厅堂两侧的厢房很宽大，东厢房是主人的卧室和起居室，西厢房是会客厅，里面摆放着一套酸枝木桌凳，墙角处一台留声机挺着大肚子似的喇叭，十分引人注目。主宅的后面还有几间辅房，东边居住着房主人的子女，西边是厨房、饭厅和用人的居室。

　　房主人姓王，人们都称其为王老爷子。王老爷子原是彭州一富绅，多年从事木材贩运生意，经常来往于成—彭之间。

　　1911 年在成都燃起的揭露帝国主义掠夺中国铁路路权和清政府卖国卖路罪恶行径的辛亥保路运动波及全川，各阶层人士纷纷加入保路斗争的行列中，掀起了全民性的反清反帝爱国热潮。王老爷子深受感染，慷慨解囊，拿出二百大洋来积极资助进步人士的活动。仅过了两年，为了纪念这次保路运动中的死难者，由张澜、颜楷等名流联名提议，在少城公园内修建辛亥秋保路死事纪念碑，王老爷子又大为感动，再次捐款，并送去三车木材供修建纪念碑的工棚使用。

这时民国正在兴起，成都扬起阵阵春风，王老爷子也不失时机地在宽巷子置地建房，将全家由彭州迁来成都，同时又在离宽巷子不远的同仁路上开办工厂，将木材贩运生意逐渐改为木材加工的实业了。

1947年王老爷子届满七十，轰轰烈烈做了一次大寿，弄得来整条巷子里热闹非凡。从上午起，前来祝寿的人便络绎不绝，这些人个个衣着光鲜，有穿长衫外套绸缎马褂的，有着西装革履手持文明棍的，有紧扣中山装腋下夹着黑皮包的，还有一身戎装脚下一双长筒靴嘎嘎作响的。女士们更是抢眼，她们脸上涂脂抹粉描着弯眉，大波浪鬈发过肩，裁剪得体的旗袍齐膝，高跟鞋一步一踮媚态尽显。有两位老太太，好像是从王老爷子老家彭州来的，大袖口长衣，领口、袖口、下摆上都绣着花边，下身着青绸宽筒裤，裤脚下露出一双黑红两色绣花鞋紧裹着的三寸金莲。王老爷子在厅堂口喜笑颜开地迎接着来客，厅堂里正梁上一块黑底金字的寿匾上刻着"树茂椿庭"几字，让整个大厅顿觉熠熠生辉。正中墙壁上一个斗大的"寿"字十分浑厚，两侧一副祝寿对联为：从古称稀尊上寿，自今以始乐余年。此外，厅堂里还摆放着几幅寿幛，内容大体是鹤年熙春或大德必寿之类。

接近中午时分，寿礼开始，鼓乐齐鸣，堂上红烛高照，王老爷子步红地毡而出。司仪抑扬顿挫地唱念道：紫气东升，祥云缭绕，高朋满座，吉时已到！接下来是寿星加冕寿服，敬天地诸神，敬列祖列宗，子孙们依次跪拜并恭献寿桃口诵祝福，众亲友恭贺，来宾献词献礼……

这一系列程序下来，便是大开筵席了，席间觥筹交错，气氛热烈，让大院外的巷子里也弥漫着经久不歇的喧哗和浓浓的酒香。

一年后，王老爷子考虑到年事已高，精力不济，便将工厂交给儿子王善举，自己则回彭州老家安度晚年去了。王善举接替父业，兢兢业业打理工厂业务，生意越做越红火。成都解放时，他认为不管哪个政府当权，总是要以国计民生为要，所以他率全家老小留了下来，工厂也继续办了下去。到 1956 年公私合营时，王善举自然成为工厂的资方代表，每年按股金数额获取一定的股息。本以为这样下去也可平平顺顺度过一生，殊不知两年之后他被冠以不满社会主义改造，抵制国家所得税、企业公积金、工人福利费、资方红利的"四马分肥"原则，被判刑劳改。还记得宣判那一天，同仁路到宽巷子街口那一带充满了肃杀的气氛，王善举被五花大绑由武装公安从工厂里押走的时候，伫立在道路上的数百人鸦雀无声，王善举的夫人在一儿三女的簇拥下站在宽巷子街口，脸色苍白，浑身颤抖，几乎要昏倒在地。

远在彭州老家的王老爷子听到这个消息后，一病不起，仅过数天便撒手人寰驾鹤西去。

一夜之间王家由盛至衰，时隔不久便从那座深宅大院里搬了出来，居住在巷口一间公厕旁的铺板房里。这一年，他家老大王芳怡正上初中，老二王成栋和我一样刚读高小，下面两个女儿刚及始龀。王善举的夫人不得不脱下旗袍换上粗布衣衫，四处寻找工作来养家糊口，经常见她一手拎着一双干活时用的帆布手套，一手拎着刚从菜市场购回的萝卜青菜匆忙而过。王芳怡勉强读完初中，像是突然消失了一般，许久在巷子里见不到她的身影，后来才知道她去了宜宾一个茶场里当工人，实际上也就是由一个城市户口转变为农村户口的收入极其微薄的农民了。直到 20 世纪 80 年代末，她才以病退为由，回到宽巷子公厕旁的家里定居。此时她已是徐娘半老，实在让人想不起她及笄之年的模样来了。

王成栋虽说与我的年龄相仿，并且每天几乎都是抬头不见低头见，但我们之间从来没有在一起相处玩耍过。本来他是富家子弟，衣食丰足，家中有用人伺候，出入有车辆接送，而今由于家道骤变，还来不及俯视我等贫穷子弟，便不得不用仰视的眼光来看待我们了。有一种自卑的心理长久地笼罩在他的心上，养成了一出房门就低着头走路的习惯，见了我们也只是默默地点点头便匆匆而过。

我上初中时王成栋已辍学一年多，在一辆板车上当飞娃，开始自谋生活了。拉板车分中杠和飞娃两种苦力，中杠为主，是成年人才能胜任的，飞娃在中杠旁边拉，是下手活路，当时常见的都是些未成年的男子，偶尔也见妇女。我初中还未毕业，王成栋已升任为中杠了。我在路上见到他装车时，十分老到熟练，满满一车物品，红砖也好，竹筐装的泥土也好，他都堆码得齐整有序，试好了平衡，再用绳索固定，然后将拉索套在右肩上，紧握车把用力启动板车拉起就走。遇到有坡度的路面，只见他上身绷得直直的，头快接近地面，汗珠子不断坠落于地，一寸一寸地艰难地移动着。我曾帮他推过几次板车，板车上了坡停下来休息时，王成栋目睹我身上背着的书包，用粗糙的双手抹着满脸的汗水和眼角里涌出来的泪水，轻轻说了声谢谢，便转过身握住车把继续忙他的生计去了。

王成栋忍辱负重卖力地拉着板车，他的两个妹妹也得以能继续读书直至初中毕业，所以他把这项工作看得来无比神圣且重要无比。但当他的两个妹妹因家庭历史问题而无法跨入高中时，王成栋在巷口的公厕旁大发雷霆，歇斯底里地使劲砸着板车大吼道：拉锤子拉！拉板车挣钱来干锤子！我凭什么还要去拉？凭什么？凭什么!？

但他还是不断地拉着板车。我读高中后很难再回宽巷子，加之下农村当知青，继又在外地参加工作，因此有许多年没有见到过王成栋，后来竟渐渐地将他忘却了。

时间一晃就是三十多年。1998 年临近春节的时候，我回趟宽巷子老家，刚走到巷口，一辆别克轿车在我身旁停了下来，车窗放下，一位身着高档休闲装的男士探出头来向我打招呼，我觉得有些面熟，但一时竟叫不出名来。见我满脸疑惑的样子，他笑道：记不起了么？我是拉板车的王成栋。我的确有些吃惊，因为我不可能将眼前这位大款与数年前那位黯然神伤的板车夫联系得起来，正如目睹这辆别克轿车不会联想到它是由一辆板车蝶变而来的一样。王成栋下了车，迅速递上一支中华烟，再用一镀金打火机啪的一声为我点燃，我们俩就在巷口聊了起来。

原来他是回来看望他老母亲的。他说他拉了十多年板车，勉强混口饭吃。后来又干过泥瓦工、水管工、钢筋工等粗笨活，直到想办法在市郊红牌楼处办了一加工金属构件的企业，日子才算有了转机，现在手下已有两百多号员工，生意也还做得顺畅。他说他在红牌楼附近购得有套住房，早就想将老母亲接过去，但老母亲一直不愿意。他最近听到消息，宽巷子要准备拆迁改造了，于是又重新购置了一套带庭院的别墅，"方便老人家噻，准备过了年就将母亲接过去。"我问："那……"刚一出口，我便觉得有些唐突，赶紧收了口。王成栋将烟头一摔，坦然道："你是问我父亲么？他早就去世了。之前我去看望过几次，他啥都不愿意说。他刑满后不想回家，留在农场里就业，死在里头了。"我一时找不到话题来继续说下去，赶紧也将烟头扔了，和他分手告别。他驾着轿车往巷子深处驶去，车后只留下一股淡淡的青烟，而那股青烟瞬间便消失在无形的空气中了。

斗转星移，物是今非。人世沧桑，几度轮回。王老爷子安在？王善举安在？

唯王成栋安在哉！

黄包车夫的一家

在宽巷子街口靠近同仁路的铺板房里，居住的人基本上是 20 世纪初拥入城市的农民，类似于现在进城务工的农民工一样，这部分人或是在私人公馆里打帮工、当奶妈用人，或是在外做点儿小摊小贩及零星杂活，又或是像骆驼祥子一样到租赁铺里号一辆黄包车来拉，仅在街口十来家住户中，先后就有四家的男人靠拉黄包车为生。

印象中满街飞跑的黄包车就是旧社会贫穷落后的象征，而挥汗如雨的黄包车夫好像就是旧社会劳苦大众的形象代言人。

瞿伯伯、杨爷爷是我最喜欢的黄包车夫，因为他俩回家时再累再饿，总是愿意停下来让我坐上去风光一下，虽然距离很短，有时只有几步路，但他们从不扫我的兴。黄包车夫很辛苦，起早贪黑，风里来雨里去，手用劲，脚加油，喇叭安在嘴里头，全凭浑身的力气挣点糊口钱，常常是收了车才能去买把把柴、筒筒米，很晚了才能回到家做好饭来填肚子。

黄包车也叫人力车，最初则叫"东洋车"，由于该车轻便灵活，能在弯曲狭窄的街道中自如地穿梭往来，这在当时交通工具十分落后的年代里，是非常受欢迎的。

人力车分私包车和公用车。私包车为有钱人家自购自用，雇有专用人力车夫，车子擦得锃亮，配有车灯车铃，车座车垫精心装饰，遮阳雨篷宽敞漂亮。上了路，穿戴齐整的车夫迈着轻快的步子一溜小跑，主人坐在上面口含香烟雪茄，背靠洁白的靠垫，双眼左右横扫，二郎腿高跷，十分春风得意，其神态不亚于现在飙奔驰悍马。

公用人力车又叫黄包车，这是因为官方要求所有跑活拉客的人力车必须漆成黄色，印有统一编制的号码，以与私家人力车相区分。黄包车是由大大小小的车行来掌握经营的，类似于现在的出租车公司。老板花钱从政府那里买来经营权，获得号牌，出资购得人力车，再招聘人力车夫，于是便可开张营业了。

那时上至政府工部局，下至满街跑的车夫，中间有执照持有人、业主、承包人、转承人、分租人、再转租人，都在用不同的方式共同的追求从这个行当中来获取利益。不难想象，拉黄包车的毛收入即使再高，但每天的绝大部分收入都得交出去，纯收入是非常微薄的。

首先是份子钱压力大。租一辆黄包车拉，每月可挣三十至四十块大洋，一般得交二十五块大洋的份子钱。官方为了避免交通拥堵，一直限制黄包车的数量，车牌就成了紧俏货，黄包车的牌照费不断飞涨。本来上一张牌照只收两块大洋，最后的转让价竟然能炒到上百块大洋。很多有后台的人靠出租和倒卖车牌发了大财，而黄包车夫却不得不承担高昂的牌照费所带来的沉重负担。

其次是违章罚款多，各方面都在鸡脚杆上刮油。如交通规则多变，清末要求靠右行，民国要求靠左走，乱停乱放，超载超重，赤膊亮胸，都有可能被罚款。黄包车夫几乎全是文盲，弄不清规矩，而且那时候交警还特别歧视黄包车夫，同样是违章，上面坐着老板和官员的私包车不会被罚，而黄包车却在劫难逃。

此外，车夫之间的竞争还很激烈，因为大量的无业游民谋生无路，即使拉黄包车再辛苦，也纷纷挤进去以求得一线生机。为了能从车行租到车辆，他们得找人作保，说尽好话，给车行的老板送红包，甚至还有的主动要求上调份子钱。路上为了抢生意，互相争吵，咬牙杀价，甚至动武伤人毁车的事情也时有发生。

杨爷爷拉了二十多年的车，"经过我手上的钱可以压死人，落在我包里的钱差点让人饿死。"他抹完澡，摇着破芭蕉扇坐在竹椅上说，"拉散客最麻烦，讲价要讲半天，走拢了还说零钱不够少给点儿。也有耍死皮的，坐霸王车的。我都是在血汗里刨钱的，还怕你？打就打，黄包车夫多，一会儿就来五六个，你还敢不给钱？"

他说他最喜欢给有文化的人拉车，"像这条街上42号里头李校长，那头17号的吴先生，客气得很，又准时，次次都预先备好钱，你还没说谢谢别人就说谢谢了。"

更安逸的是跑远路到其他州县，两三天时间，谈好空载返回费，"回来路上一身轻松，遇到回程生意，简直是笑嘻了。"还有种按时间收费，既简单又省事。顾客要去吃饭喝茶，看戏听书，交友拜客，"你可以打瞌睡捉虱子在那里等候，完事后计时付钱了事。"

杨爷爷的便宜车我坐过的次数不多，因为他去世很早。他有痨病，就是肺结核，一直没有得到很好的治疗。他每天拖着虚弱的身躯在风雨里奔忙着，艰辛的路太长，他没法走到底，成都临近解放时，他就去世了。

他的老伴身体也很差，严重的哮喘，街坊上的人称杨婆婆为老齁包儿。杨婆婆一天到晚都坐在一辆纺车旁纺棉花，因为都是住的铺板房，不隔音，我时常在深夜醒来时还能听到她的咳嗽声和纺车嗡嗡嗡的低鸣声。

他们有个儿子叫杨罗辉，按辈分我称他为杨伯伯，当时好像有三十多岁了吧，听说他结过婚，但媳妇被人给拐跑了。杨伯伯是个孝子，家境不好，父母多病，便不再提及成家之事。时隔不久，杨婆婆也去世了。杨伯伯将他母亲的丧事办得很特别，给人印象很深。他先是将临街的铺板拆卸下来，将屋子完全敞开，在两条长凳上搭一床板，床板上放置一木制匣子，俗称火匣子，其大小刚好能让杨婆婆端坐其中。为了固定身躯，一条细木棍横衬在她的颈部下巴处。杨伯伯请来昭觉寺的僧人为他母亲超度，七八个僧人手执磬铃木鱼，不知疲倦地围着火匣子转着圈，口中连绵不断地唱念着深奥无比的经文，我只听明白其中一句：纬纬经线放虹光，南无阿弥陀佛……非常悦耳。又请来戏班子每天晚上敲锣打鼓唱到半夜。大蜡烛流着鲜红的泪，无数炷香散发的氤氲弥漫在狭小的屋子里，杨婆婆瘦小的遗体在忽明忽暗的光影中似乎不停地飘浮升沉。那时候巷子里没什么好看的，唯有这办丧事的地方围聚着许多人，久久不愿散去。不知为何，我那时天天见到日渐枯黄的死者而不感恐惧，睡在隔壁自家的床上，耳朵里响着纺车声，眼前晃动着杨婆婆偶尔递给我小红苕或煮胡豆时的情景。七天后，杨婆婆安然入座的火匣子被抬到昭觉寺火化，披麻戴孝的杨伯伯扶着灵柩一路恸哭，当送葬的一行人消失在宽巷子转角处时，我流着鼻涕，怅然若失。

　　不多久，杨伯伯搬到离他工作不远的地方去居住了，我以为再也见不到他了，殊不知两年后，快到四十岁的杨伯伯回到宽巷子，拿出一张四寸黑白照片，喜笑颜开地招呼左邻右舍：快来看我的婆娘和我的儿女！大家十分惊奇，凑过去观看那照片，只见照片上前排坐着杨伯伯和一位模样端庄的女人，后排站立着一男两女，都是十来岁的样子，长得眉清目秀。所有的人都很自然地微笑着，杨伯伯显得尤为灿烂。在一片惊叹声中，杨伯伯得意地指点道：这是我的大儿子，这是我的大女，这是我的幺女。你们看我的婆娘漂不漂亮？众人点头称赞，恭喜连连，接着无不揶揄地诘问道：你的儿？你的女？喊不喊你这个后爸啊？杨伯伯严肃道：咋不是我的儿我的女？咋不喊我这个爸？爸爸、爸爸，喊得好听得很。众人开怀大笑，都说杨伯伯这个孝子有好报，并祝他能有自己的亲生子女。杨伯伯兴奋地掏出糖果来招待大家，我也吃了两个，虽然很黏牙，但非常之香甜。

一年后，杨伯伯又回来了一次，不负重望，这次是三个人，他和他夫人以及他俩刚出生不久的儿子。这次的轰动效应更大，好像半条巷子里的人都跑来看热闹了。那些婆婆大娘七手八脚像击鼓传花一样，轮流抱着婴儿品头论足，又逗又亲。杨伯伯眼泪快急出来了，不断告饶道：我幺儿我幺儿，轻点儿啊轻点儿啊……他的夫人倒还沉着，没吱声，只是在脸上洋溢着幸福的微笑。

后来，杨伯伯再也没有回过宽巷子。他是我所知的离开宽巷子的人中结局圆满的一个人。

洗衣妇和哭丧妇

宽巷子有位洗衣妇陈婆婆，让我至今想起她心里都要涌起一股酸楚的感动。她那时已快五十岁了，和她残障的哥哥生活在一起，终身未嫁人。她的老家在山区，父母早亡，丢下她和患软骨病的哥哥。她说他俩是一路讨口要饭来到成都的，在桥洞下街沿边睡过七八年。拾破烂、收潲水、推煤车、刨炭花，啥都干过。后来经妇女慈善会帮助，在由天主教堂在宽巷子修建的民房里租住下来，并从此靠洗衣为生。一年四季，每天一大早她就铺好洗衣板，浸泡好别人送来的衣物床被，然后一件件拿上洗衣板，先搓后刷，刷洗得差不多了，在大木盆里放水逐一清涤，拧干理抻，在长长的竹竿上晾晒。傍晚收齐，在洗衣板上折叠齐整，等待别人来领取。由于长年累月都在与水打交道，她得了严重的风湿病，双手指关节突出十分明显，腰弯背驼，周身时常疼痛，遇到刮风下雨天，常常痛得站立不住，连起床都很困难。她的哥哥整天坐在一张竹椅上，或用烘笼取暖，或用蒲扇驱蚊，拧着长长的胡须，友善而呆板地注视着巷子里每一个来来去去的行人。

早些年她是自己从井里挑水来清洗衣物，后来体力不济了，只好请挑水夫，一担水是五分。我读初中时为挣学费曾给她挑过水，一担三分。这倒不是她故意压我的价，而是我挑的水桶确实要小一些，并且我能通过挑水挣钱，还算是她在照顾我。说起来我只是在寒暑假时给她挑过水，并没有挣她多少钱，后来我考入高中要住校读书了，她拿出五元钱悄悄塞给我母亲，说是给我买书笔用的。她因病猝然去世，我不知道，没有给她老人家磕个头烧炷香，这辈子，我欠她至少一百六十担水没有挑。

巷子里还有一种人的谋生方式是现在的人很难想象得到的，俗称哭丧妇。有位大妈姓罗，虽然个子矮小，颈短背缩，但她是远近闻名首屈一指的哭丧妇。37 号院内死了一位老者，其家人急忙请来罗大妈。罗大妈精神抖擞地跨进院门立即发话道：将屋顶的瓦揭了，老人家好升天！接着发话道：下门板，请老人家躺上去，你们让她背那么重的床她能上天吗？死人被抬上门板，罗大妈手脚麻利地替死人洗脸擦身，用清油抹头发，梳理齐整，穿上三层丧服丧裤，脚套黑麻丧鞋，脚腕用麻绳缠上二十一圈，最后用一白漂布轻轻搭在死者脸上。拍拍手又发话道：点长明指路灯！放落地鞭炮！悬挂望山钱、招魂幡！烧——纸——钱！死者家属晕头转向唯唯诺诺一切照办。罗大妈此时坐下来点燃水烟喷了两口询问道：发丧报信了没有？家属躬身答道：还没有，正要请教大妈呢。罗大妈跷二郎腿闭眼道：听着，照我说的这样写：不孝子某某罪孽深重，不自陨灭，垂心顿首！祸延显妣李母讳李刘氏秀坤老大人寿终正寝，接着写距生是多少年，享年是多少岁，然后是呜呼哀哉，不孝子某某躬侍在侧，亲视含殓，遵礼成服，叨在世族友悼此讣闻。孤哀子某某泣血稽颡。就这些，写好了早点贴出去。吩咐完毕，揣好死者家属呈上的酬金，罗大妈又迈开双脚走街串巷，将看风水的阴阳、做道场的端公、打围鼓的票友一一请到。这一拨"污猫糟狗"先后来到，陆续登场，咿咿呀呀折腾些小把戏。到了晚上，其他做丧事的人都有些疲了，罗大妈这才出场来掀起高潮。

妈——呀——耶——妈——呀……第一声就不凡，婉转，绵长，像空谷滴鸟悲号，深林杜鹃啼血。你怎么就走了呀！你这一去啥，就是黄泉路了呀，妈——呀。你把我们从一尺五寸长带起，好艰难好辛苦呀。刚到成都那年吃不起饭，你在外面刨了几斤胡豆来救我们几姊妹的命，拿给老头子偷来吃了，你好气呀——妈——呀。老二给你扯的阴丹布你舍不得穿，放起霉霉了，你是咋个想的嘛，我们怎么对得起你呀——妈——呀。黄泉路远，你要慢慢走呀。进了阎王殿，头殿就是楚江王，打过招呼就见无常。鬼儿子些喜欢你，我们舍不得你呀——妈——呀。你要好好走呀……罗大妈自始至终用一块方巾捂住眼脸，虽然并没有见她掉下一滴眼泪，但她哭得的确十分伤心，矮小的身躯随着哭腔极富韵律地仰俯着，将人世的悲伤表达得淋漓尽致。站立在旁的死者家属虽然没有号啕大哭，此时却已是泪雨倾盆了。

我小时看到这样的情景感到很奇怪，为何自家屋里的亲人去世了，要找一个陌生的外人来帮忙哭泣呢？多年后我才知道这种挽歌入礼习俗是从汉晋时代就开始兴起的，是丧葬礼仪、丧葬文化的一个重要组成部分。充满悲伤情感和韵味的哭丧小调，既传递了孝悌、哀伤的情感，也渲染和烘托了丧事厚重悲伤的氛围。但并不是所有的逝者家属都会哭，更难做到又哭又唱，于是便想到请人代哭这一招，便有了近似于专业户的哭丧妇这一行当。

现在回过头去看洗衣妇哭丧妇和黄包车夫，发觉他们竟是现代城市中一些必不可少的行业的先驱。洗衣店，特别是如今雨后春笋般发展起来的干洗连锁店，不是给我们的日常生活带来很大的方便吗？殡葬一条龙似的服务，让心情悲伤的死者家属不知减少了多少麻烦；而昼夜穿梭的的士更是让我们的出行感到十分的便捷和舒适。在宽巷子这条极其普通的小巷里，一些极其普通的人群和他们极为平淡的生活，总能折射出我们现实生活中的某些影迹，我们可以忘记他们，但不应该歧视和否定。

家住宽巷子

从盘龙到幽巷

李伯伯一家和我家是这条巷子里相处时间最长的邻居，算起来有半个世纪之久了。他家是 20 世纪 50 年代末迁到宽巷子来居住的，正好和我家两隔壁。因同住临街铺板房，后面的厨房相互只用竹篱笆简单隔了一下，灶台靠灶台，做饭炒菜时清油可以溅到另一边的锅里，而晚上洗脸洗脚则可以互相听到擤鼻涕搓脚丫的声响。更难堪的是一旦放个臭屁就会担心祸及友邻从而招致无声的责怨。他家刚搬来时李伯伯很少露面，隐约听得他在铁路部门工作，常年在宝成线一带的野外跑，因而难逢回家。那时他们家的大女李若在读高小，小女儿李季还在她妈妈的肚子里。我上高中住校读书，星期天回家一次，所以隔了很长时间才知道李伯伯的一些情况。

李伯伯老家在南部县，离成都很远。他年轻时考入黄埔军校成都分校，成为第十七期学员，所学专业属于机务工作方面。李伯伯从分校出来在军队里服役，职务不算高，且是搞具体技术业务的，没拿枪打过仗，本不存在血债命案的问题，但他走路把方向给弄错了，所以后来他的境遇是很糟糕的，历次政治运动他都跑不脱，一而再再而三地做检查交代，陷于无休无止的说不清道不明的泥潭之中。他因常年在外工作，生活条件很差，落下了不少病痛。20 世纪 80 年代末李伯伯退休回家后我见过他几次，对他的印象是清癯、寡言，少与他人交往，每天一大早在门口街沿边置一独凳当茶几，上面放上一杯茶，一本书，或者报纸杂志，静静地坐在一竹椅上品茗阅读，这几乎就是他的整个世界。晚饭时他要喝点儿筋斗酒，放一碟花生或胡豆，加几片豆腐干，慢慢呡咂，也才有闲心用平和的眼神目送着巷子里匆忙而过的行人。我和他聊过几次，觉得他的古文底子很深厚，诗词歌赋都相当了解，当询问到一些历史上的事情，他就滔滔不绝如数家珍般地说出许多典故来。

他的夫人，我称呼为李伯母，可能是受他的牵连吧，一直没有正式工作，街道办事处安排她扫街，她每天很早起床，天不亮就扫完了，然后做家务，然后也是看书。李伯母是我在这条巷子里看到的为数不多的嗜好读书的女人。

我从 1963 年起入高中，后"文革"，后下乡，后到外地工作，回到宽巷子家的次数不多，像是突然之间，邻家李氏两姊妹竟双双出落成风格迥异而标致如一的大闺女了。李若像她父亲，李季像她母亲。两姊妹和我的两个妹妹年龄相仿，应远亲不如近邻的说法，她们之间往来非常密切，犹如一家人，虽然因拆迁分开居住若干年了，仍然如此。

李若也因她父亲历史问题的牵连，下乡当知青长达八年，相当于陪她老爸打了场抗日战争。李若吃苦精神和自立能力特别强，整天干活不知疲倦，又乐于助人，我后来常笑称她为这条巷子里的劳动模范。她和下乡时所在地的村民关系很好，好些人进城务工常借住在她家里，逢年过节相互带着礼物串门，不是亲戚胜似亲戚。李季比李若小许多，运气要好一点，读完高中后顶替她父亲进入铁路医院工作，现在是个台属了，虽然结婚晚了点儿，但生孩子的效率奇高，头胎是个女娃，紧接着第二胎生出两个男娃，乐得她老公一大家子的人合不拢嘴。

1998年李伯伯回了趟老家南部县省亲，李氏两姊妹要我开车去帮忙接送，我也想趁机去游玩游玩，便爽快地答应了。从成都经德阳、中江，路途中走了五六个小时，穿过南部县城又行驶了一段碎石路，到达一个叫盘龙镇的地方，我立即被那里的独特风光给吸引住了。盘龙镇镇口外就是嘉陵江，江水清幽幽的，河床宽阔，因此江水并不急湍。江两岸都是高山，青翠如屏。盘龙镇处在一山坳里，显得十分隐蔽，沿着江边的公路走，稍不注意就会错过镇口。镇上的路很窄，青石板的路面被磨蹭得光滑无棱，路两边的房屋全是古香古色的青瓦木板房。路中常见枝叶繁茂的大树，几乎要占去半边街面。镇上商铺稀落，店无喧哗，整个镇子非常宁静，仿佛这里是高人隐居贤人静养的地方。我问李伯伯当年是怎么想起要去成都的，这里过日子不是很舒服吗？李伯伯说他在这里读了几年私塾，然后到县城里读的初中高中，当时正值抗日战争爆发，于是满腔热血离开家乡远赴省城，很想能在疆场上血染战袍刀屠倭寇，一吐我中华男儿心中的恶气。他深深地感叹道：我是为民族存亡奋斗过的，不存在后不后悔的事。至于后来的遭遇，很多人都经历过，也不是我一个人才尝过那些味道，已经不会去想了。

再后来的日子里，李伯伯似乎过得充实起来，不时要参加昔日的黄埔校友的聚会和其他活动，每次出门前，他都要把自己打扮得精精神神的。可惜的是，这样的日子来得晚了点儿。就在不久前，年届九十三岁的李伯伯病危，我去看他时，他面容枯槁，双颊深陷，需靠呼吸器来勉强维持生命。李氏两姊妹为卧床的父亲精心护理了若干年，目睹现状，忍住悲痛，正在考虑安排后事。竭尽了孝心的人内心是平静的，她们不会用呼天抢地的夸张动作来证明自己。过了两天，李伯伯安然去世。布置灵堂时，李若执意不要殡仪服务部门备用的挽联，叫我另写一副。我想了想，也许这两句话大体可以概括李伯伯的一生吧：出盘龙入黄埔历经坎坷阅春秋，崇诗礼尚诚朴积存清白赠子孙。我在他的灵前焚上一炷香，祝他走好。他是我见到的最后离开宽巷子的最老的长者。

悄悄地来淡淡地去

现在，当我漫步在宽巷子的时候，见到街两边崭新的仿古建筑屋里挤满了各式各样的茶坊餐厅酒吧水吧咖啡屋和旅游用品商店，全都呈现出现代生活的气息，不大能让人寻觅到旧时的蛛丝马迹。昔日的宽巷子是一条清静的民居杂合的小巷，热闹的场合有两个时刻，一是大清早农民进城拉粪，大吼一声："倒桶子!"各家各户犹如听到闹钟铃响，于是立即起床急忙端起马桶出门倾倒，刷洗马桶的声音和家庭主妇们相互打招呼或相互斗嘴的声音不绝于耳。学生娃娃们此时也就起床洗脸吃饭匆匆上学去了。二是晚饭时家家户户都习惯将小饭桌摆在门外街檐下吃，边吃边摆龙门阵，你尝我家的菜，我品你家的汤。谁家大人有事耽误一时半会儿没有回家，邻居会很自然地将其小孩叫过来将就一起吃了，场景十分融洽，也十分热闹。我就是在这样的氛围里和高远由一起度过了我们的童年时光。

高远由住在我家斜对面 63 号附 5 号的一间平房里，他和我同年，一起从小长大，算是毛根儿朋友。他的母亲去世较早，他随父亲过日子，是那时候的单亲家庭。有段时间他叫我去他家与他住在一起，相互抵脚而眠，我们之间友好如同亲兄弟。远由模样长得俊，个子也比我高，性格温和，整天笑眯眯的，十分招人喜欢。但不知什么原因，他读书不及我，我虽然粗野调皮，但每逢关键时刻我的成绩拿得上去，而他却往往在这种时候掉链子。所以考初中时我进了正规中学，他却名落孙山，只好进一所民办中学继续念书。

有人曾戏称民办中学是"圣人教贤人"的地方，意即是教师队伍里剩下来的人去教考不起中学而闲下来的人。民办中学的校舍极其简陋，管理十分松散，教学质量自然非常一般。恰逢当时正值所谓的三年困难时期，粮食紧张，众人都吃不饱肚皮，更何况我们这些正处于发育阶段的中学生。我所在的中学管得严，还不至于出什么事情，高远由那所民办中学的情况就大不相同了，学生就是天王老子，想干啥就干啥，谁也管不了。高远由们从附近农田里偷摘来一些瓜果蔬菜，就在校舍边垒灶生火，煮得半生不熟，也没有盐巴猪油，吃得喷喷香。有时还斩获小猫小狗或老鼠，更是欢天喜地大快朵颐一顿。有一天我看见高远由瘸着腿，痛苦地慢慢挪动着脚步，我问他怎么了？他苦笑道：老子昨天去偷苞谷，没想到守苞谷的人就躲在旁边，一个板凳给我打过来，刚好打在脚跟上，把老子痛惨了。我向他深表同情。望着他那张俊俏的脸庞和清秀的双眼，我怎么也不会将我这位儿时的好友与偷儿贼娃子联系得起来。

过了一年多，那所民办中学垮了，高远由失去了最后一丝束缚，生活变得更加混乱起来。他在社会上闲荡，逐渐学会了做倒买倒卖的生意。最简单的是一大早赶到甲地去购买一些粮票或食油，再赶到乙地去出手，中间吃点差价。几个月下来，他收到一些成效，日子慢慢显得阔绰起来，制备了衣裤鞋帽，斜挎着一个神秘的大提包，嘴上随时闪动着油珠珠般的光亮。在巷子里偶尔见到他的身影，我往干瘪的肚子里吞着口水，捂着书包，赶紧避着他的目光匆匆离去。

远由却还记得我这个朋友，主动招待过我两次。一次是在青羊宫花会里下饭馆，要了一盘回锅肉和一碗酸菜粉丝汤，那盘灯盏窝回锅肉令我兴奋不已，以至于好几天都在打油饱嗝。另一次是招待我在人民电影院看《复活》那部电影，上、下两集，票价是四毛。那是我平生第一次的高档享受。

　　1963年夏天我考入高中，时隔不久就听说高远由入了监狱，罪名是倒买倒卖罪，判处劳教一年半。我替他感到很难过，那段时间里，远由俊俏的笑眯眯的面容老是在我眼前浮动。

　　我再见到远由已经是三年之后的"文革"期间了，为躲武斗我回到宽巷子老家，这时远由的身份是刑满释放人员，年纪轻轻就显得老气横秋，神情也非常憔悴。他不好意思和我打招呼，见面总是先将头扭向另一边，佯装没有看见。我怕伤着他的自尊，也不好主动与他攀谈。

　　时光依旧流逝，世事也在不断沉浮变迁。又是几年过去，我成为远离故土的知青，读了一肚皮的书，此时还无可靠的生活来源，二十好几的人了，谈不上自立，仍要靠年迈的父母供养。见到远由，他已经是某工厂的一名电焊工，也安了家。笑眯眯的面容挂在他那张颇有沧桑感的脸上，儿时那种两小无猜的友情又回到了我们身边。他告诉了我工厂里许许多多有趣的事情，也毫不讳言地将他遭遇到的种种难堪当作笑话摆给我听。他虽是工薪阶层，但烟酒不沾，我虽是赤贫分子，然抽烟喝酒样样来。远由在西御街"努力餐"办招待，点的麻婆豆腐、京酱肉丝和猪耳朵，买来烟酒供我享受。"我被这个罪名给压惨了，"他说，"好不容易有个工作，但繁杂粗笨的活路都叫我去做，调资升级却没有我的份儿。我要是和你一样，能一直读到书，就不会有这种事了。"我苦笑："我下乡，和你在农场里做过的活路差不多。书读得再多顶个屁用，至今挣不到一分钱，见到父母头都抬不起。"

他长叹一声道："要是一直长不大，始终是个娃娃就巴适了。无忧无虑，什么负担也没有，肚儿整饱了就到处耍，啥都不用去想。"他没有喝酒，但脸上浮起潮红，眼角也有些湿润了。

后来我终于参加工作了，有工资了，可以招待远由了。我想了好几种方式准备回敬他的朋友之谊，然而这些都是空话。等我衣包里揣着钱挺着腰杆回到宽巷子时，远由已经去世了。他患的癌症，不到半年时间就永远闭上了他那双清澈的双眼。他是我在这条巷子里见到的最年轻的逝者，生前似乎一直静悄悄地活着，如今则平淡无味地离去。

巷子里依旧如故，来来往往的人依旧行色匆匆……

四个馒头之人生

　　虽然同是经历了人生的波折，但周强渝与高远由的选择方式和出路却大不相同。周强渝原是成都某中学高六一级的学生，比我大四五岁，住在 46 号大院内。他父亲是位飞行机械师，广东人，说出来的话我从没听明白过。他弟弟是我初中同班同学，我去他家时，曾看到他留在他弟弟日记上的鼓励的话语，觉得他很成熟，十分优秀。那时他除了学业优良外，还是市上滑翔学校的学员，取得了二级滑翔员证书，身体很结实，看上去像座黑铁塔似的。他是被保送进重庆某大学的，可是不到半年时间，他就灰头土脸地回到了家里，每天把自己关在屋里不与任何人见面，偶尔在夜深人静之时，才看见他低着头，独自在巷子里默默地踱着步子，不时传来一声声沉重的叹息声。

　　周强渝肯定出事了，但究竟是哪方面的事情，周围所有住户都不知道。周家对这事口风也严，绝不对任何人提起这件事。他的弟弟虽说与我同班，关系也好，但也没有透露一丁点儿消息。两个多月后，我母亲才对我长叹一声道：周强渝可惜了，读个大学不容易啊。他吃不饱肚子，有天半夜里熬不住了，翻进食堂一口气吃了四个冷馒头。

没有其他人知道这件事，第二天上午他还上了两节课，忍不住了，自己跑到食堂去说了。这下完了，先是批判斗争，后是开除学籍。唉，可惜周强渝了。母亲指着我厉声强调道：你给我记住，饿死了也不能干这样的事！干了这些事，一辈子都抬不起头，生不如死，听清楚没有！？

　　熬过一段极其苦痛的时间，周强渝开始出去打零工，担砖瓦，运送蜂窝煤。他瘦下去许多，人也显得更黑了。他曾经是被保送进大学的优秀学生，是驾驶过滑翔机飞上蓝天的有志青年，而今，这一切都成了过眼烟云。巷子里的路灯投下昏暗的光影，周强渝独自在冷清的路面上走过来走过去。宽巷子其实是很窄的，他的出路在哪里？

　　1964年由成都市团委牵头举办了几期青年训练班，对象是当时市区内的待业青年，周强渝也在其中。不知那青训班使用了何种法宝，两三个月学习下来，学员们个个热血沸腾，都像中了魔似的，纷纷表示要到农村去，要到广阔的天地里去改造自己，要为改变农村一穷二白的面貌奋斗终生。果不其然，半年后，绝大多数学员远赴西昌当上了新时代有知识有理想的新农民。

　　1969年，我也随上山下乡大潮去西昌当知青。我所在的公社离周强渝所在地约有四十多公里，趁到西昌城玩耍之机，我在两年半的时间里去过他那里好几次。第一次去时，我想他已下乡四五年了，意志也许很消沉，繁重单调的农活可能将他磨损得来如润土一般的木讷了。令我吃惊的是，他的精神面貌相当好，我又听到了他那爽朗的笑声。他拿出一沓厚厚的笔记给我看，他说他来到这里时，发现这里土地肥沃，气候也好，但这里的油菜产量却很低。他专心致志地研究了三年多，从油菜的选种、育种，点播、分苗、施肥、灭虫等栽培技术和田间管理上都试探着进行了一些改进，生产队里的油菜产量的确有了一定的提高。我翻看着他的笔记，很详细，一丝不苟，像是在研究哥德巴赫猜想。

我第二次见到他时，他笑呵呵地说道：我改行了，当医生了。我有些吃惊，戏言道：这么快就改行了，能给我治病么？他大笑：我是给家禽看病的，自学了半年兽医，现在已经在带学生了。我问：你怎么会想起当兽医这一行呢？他说，这想法早就有了，只不过现在更成熟而已。农村中需要改变的实在太多，有的要慢慢解决，有的要立即进行。比如家禽疾病的防治，这是个吹糠可见米的事，农民家家户户都养得有鸡鸭鹅，喂得有猪，但不懂得科学喂养，卫生条件也很差，公社里还没有兽医站，鸡瘟猪瘟一流行，农民的损失相当严重。自从我学了兽医后，很受欢迎，我也忙得不得了。我一个人人手不够，所以我想多教几个人来和我一起搞这件事。现在我在公社小学里借用一间教室办了个培训班，学员全是周边附近农民的子弟。这个班就快要结业了，我在想以后还要不要扩大培训的规模，以及如何改进教学方式的问题。

他滔滔不绝地讲着他的兽医培训班，脸上洋溢着兴奋的神情，眼睛里透出自信的目光，根本不在意我是否对此有兴趣。看来，周强渝是铁了心要在那里干一辈子，不再想回到成都，也不再想回到那条窄窄的宽巷子了。

在我调离农村参加工作前，我再次去到他那里，他的培训班已经扩大为培训学校了，接受培训的学员也由本公社扩展到整个西昌县境内的农村青年人。我所知的一个叫姚兴成的农村娃就是他的得意弟子，后来成为当地的兽医骨干，并且是由此率先致富的人之一。周强渝受到农民的肯定和褒赞，地方上将他列为知青先进代表，正式批准他为学校校长，每月拿固定工资。那时，强渝也安了家，他妻子是四川大学教职工的子女，同为知青，很佩服并支持他的工作。

离开那里若干年后，1999 年我随上千名西昌老知青返回第二故乡过春节，在迎接我们的人群中又见到了周强渝，他已满头白发，是正规的西昌第二职业中学党支部书记兼校长了。学校里开办的畜牧兽医、财经、农学、机电、农机、蚕桑、果蔬等专业，为当地农村输送了大量实用人才和管理干部。他先后被聘为地区的科技顾问团顾问、科技工作者协会副会长、西昌市政府教育督导室督导，撰写了《实用经济作物栽培》《切实解决边远山区兴办农村职业高中的问题》等多篇论文，多次被评为西昌市、凉山州"优秀科技工作者"，获得有突出贡献的"科技拔尖人才"和"优秀教师"等称号，国家教委、中国教育工会授予他"全国教育系统劳动模范"称号，获人民教师奖章，被国务院授予"对教育事业发展有突出贡献享受国家特殊津贴者"。

周强渝的大学梦曾被自己给毁掉了，他没有气馁，最终成为一名优秀的教育工作者。周强渝的飞行梦也没有得以实现，但他在广袤厚实的土地上仍然找到了自由驰骋的天地。现在，他已从西昌市教育局副局长的位子上退休，在风景如画的西昌邛海边颐养天年。

他还记得他曾生活过的宽巷子么？

四个馒头改变了他的人生轨迹，但我总觉得他的人生中有一样东西始终没有改变。这好比宽巷子现在呈现给我们的是一副崭新的面貌，但它的魂灵依旧是厚重如故，迷人依然。

菜园子里的欢乐

20世纪50年代末，宽巷子迎来人口膨胀的第二个高峰。随着市区内部分地方拆迁，宽巷子拥入大量住户，将原来还算宽松的院子挤得来几无立锥之地，半截子娃娃也多了许多，日常生活也在不知不觉中慢慢起了变化。尤其是45号院，由一片菜地成为拥挤的民居，前后有如云泥之别。

我家和其他十多户铺板房住户与菜地背靠背，站在我家厨房外的小空坝里，可以将45号院和整个菜地一览无遗。菜园子里在地势较高的地方有一口大水井，井口呈正方形，边长约有一米，井口离水面约四米，雾腾腾向上翻着水汽。地面离井口三米开外立有一门字形井架，有四米来高，与井架横梁垂直的井竿尾部系一青条石，顶部系一长四五米的提水竿。取水时人需先将水桶用活扣系在提水竿上，双脚尽量叉开，分别蹬在井角两边，然后双手用力，腰杆搭配，屁股协同，将空水桶送入井里。这时很关键，不能松手，因为井竿尾部的青条石已被吊得老高，一旦松手，那悬在半空的青条石重力加惯性砸将下来，很可能出事。水桶到达水面后，要将空桶灌满水是个技术活，难度不亚于初学电脑。双眼盯着水面，双手将提水竿往侧下方迅速猛一用力，此时水桶成倒灌状，再迅速回腕提拉，水桶里已盛满水。剩下来的事就简单了，双手稍加点力，主要是控制提水竿保持垂直平稳，避免水桶碰撞到井壁，井竿尾部那个青条石会帮助你轻松将水桶提上井口，并让你以后在学习到杠杆原理时立刻领会到实践的重要性。那口井是我至今见到过的最大的一口井，紧靠左边还有一青石砌成的水池，要浇菜地时，菜农不停地提水顺手倒进水池，水从排流口依地势而下分别灌入菜地。现在见过如此井架取水的年轻人微乎其微，真要站在这样大这样深的井口边并将水提上来，是既需要力气更需要胆量的。

1957年菜园子被夷为平地，密密麻麻建起三十多户拆迁住房，填进去百多号人。这部分新宽巷子人氏是从现市体育中心附近的民居里整体搬迁过来的，建房材料将就用拆迁旧房的用料，结构也基本上保持原貌。这些新住户中正在读书的娃娃每天得返回原驻地的实验小学去上学。有个娃娃比我大一点，叫黄明华，是学校足球队队长，也是市体育场业余体校的足球队主力，拿现在的话来说，属于马拉多纳、梅西那一类。他的到来给我们大半条街学生娃娃的玩耍内容掀起了一场革命，仿佛在昔日的菜地里冒出一支娃娃足球队，平时放学回家后大家不约而同地聚在一起，就在院子里或巷子里摆开战场，胡踢乱射，杀声震天。礼拜天则开赴体育场和其他认识或不认识的娃娃们打比赛。那时的体育场远不如现在改扩建后的体育中心漂亮，但那时的体育场是平民活动的乐园和天堂，踢球的人多得不得了，半场地域内经常是四支队伍同时在踢，空中运行的足球到底是属于哪一方的也常常搞不清。黄明华尽显大腕风采，带领我们所向披靡，逢战必胜。

黄明华成了巷子里的娃娃头儿，我成了他的好朋友，再由好朋友进展成为他家的常客。因为除了与他在一起玩耍十分愉快以外，还因他姐姐黄明芳处有许多小说可以让我借回家来阅读。黄明芳那时已参加工作，安了家，但她酷爱文学作品，凡是她感到有兴趣的新出版的诗歌小说，她都要想方设法买来一睹为快。她还分别办了一张省、市图书馆的借书证，可以随时去借阅，这令我十分羡慕。开初，我是惴惴不安地向她借一两本来看，看完赶紧完璧归赵。熟悉了以后，也将她的图书证要了一张过来，成为我当时揣在衣包里最有分量的物品了。

黄明华踢球很有天分，我以为他会成为张宏根、年维泗那样优秀的足球专业人才，结果他却投笔从戎，参军去了西藏，十多年没回过家，他母亲去世前也没见到他一眼。他复员后就在当地工作并结了婚，直到1974年他才携家带口回到宽巷子来看望他姐姐。听说他一家子回来了，我特地去与他相见，他黑黝黝的脸庞让我颇感陌生，整个感觉眼前的儿时朋友就只剩下满口洁白的牙齿让人有印象。他说的椒盐普通话更是让我不自在。他的妻子是藏族，很漂亮，不停地将糖果瓜子塞在我的手上。他们的儿子像只小猫，总是往他母亲的背后躲藏，不时用羞涩的目光偷偷地瞧上我一眼。黄明华说他在当地一个农机厂当书记，厂里只能修拖拉机，还不能造拖拉机，但他有个想法是以后要搞制造。他说西藏很迷人，每天阳光都是金灿灿的，"青稞酒之好喝，十瓶八瓶不醉人。酥油茶那个香，越烫越香，喝下去浑身通泰，舒服极了。"

我以为黄明华已经完全藏化了，也许早就忘掉了我们昔日在这条巷子里的友情和快乐。在临分别时，他却送给我一套运动服，笑嘻嘻地说道："还踢球不？这是我在部队里打比赛得的奖品，你拿去穿。说不定以后我们还有机会组建一支街道足球队呢。"

离开黄明华家，我走在夜色已浓的巷子里，抬头仰望，上弦月妩媚皎洁，些许星星眨着眼睛。黄明华和我已各自生活在自己熟悉的环

巷子里的曲折人生

境里，但感觉也许还是相同的。一个地方，只要是自己心目中的家乡，总会有打动自己之处。生活有各种各样的模式，自然也有各种各样的艰辛和欢乐。我又回忆起碧绿的菜畦，高大的井架，仿佛就在眼前，熟悉而亲切。而过去的日子里沉重的水担并没有压抑住儿时狂野好动的天性，满身臭汗穿着破胶鞋疯狂地追逐着滚动的足球，就像是在不息地追逐着属于自己的生活和生命。

巷子里的
风花雪月

难堪的两亲家

作为一个当铺老板，许成均觉得自己最得意的一件事就是当初咬咬牙答应当下了现在这座院子的宅基地。这个宅基地位于宽巷子中间偏西一点，地势略高，原有三排横式三套间房屋，一个庭院一口水井。房屋的主人是八旗后裔，辛亥革命后打算卖掉此处便北归故地，但一时找不到合适的买主，仓促之中来到许成均的当铺上要求典当成银子，心里尚存以后还有赎回来的机会。

许成均亲自来看了看，觉得这院子坐北朝南，横开较宽，纵深也长，宅基为青条石砌垒，颇显大气。于是心里盘算，这少城内的旗人如今正人心惶惶不可终日，纷纷自寻出路四处逃命，金银细钿可带，这房屋住宅却无法随身，何不趁此机会同意当下此处，谅这家主人一去之后万难再以返回，到期以后，这座院子就是自己的了，岂不美哉！几经讨价还价以后，许老板与房主人签下典当协议书，当金五百两银子，当息五厘，两年到期。

果不其然，那房主人自离开宽巷子后再也没有回来过。当期一过，许老板将房屋修缮一新，将前排作为客厅、书房和娱乐休息室，中排为居室，后排为厨房用人室，门庭也改头换面，门前阶梯换成缓坡，便于私家人力车进出。完工之后，一家人高高兴兴搬进新居，就此成为宽巷子人氏。

许老板已有一女一子，女儿五岁，儿子一岁半，夫人爱带着娃娃回老家黄龙溪玩耍。许老板自己则精心经营着铺子。其时成都的当铺约有四十多家，有点名气的如草市街的惠远当、打铜街的清贶当、浆洗街的福元当、打金街的盛丰当、老关庙的恒发当等，许老板的积庆当是在提督街旁的沟头巷里，巷子不长，也很狭窄，但因地处市中心，人来人往很多，当铺里的生意一直不错。

那时的当铺不管门面大小，都悬挂着一斗大的木板招牌，上书一浑厚的"当"字，当铺房屋建有防火墙，里屋设有保险室保险箱，前台置一密布通签栏子的高柜台，正中开启一平方尺大的交易孔。若有大笔典当生意，内室还设有客厅，厅内具陈八仙桌、太师椅、盖碗茶，规模大的还有供审书画锦缎的长木桌、放大镜、长直尺，以及鉴定金银玉器陶瓷珠宝的各类工具。

当铺里大多聘有主事和库管，主事是具有相当鉴别水平能力的人，经验丰富，眼力过人，熟悉各种物品的来龙去脉、各类材质的优劣程度和大小价值，一看二审，能立即决定该物品可否受当并快速报出可典当的数额，典当人如不满意，去其他几家试试，其出价竟然往往比第一家还低。主事还有一本事，就是写得一手专用于开具典当收据的草书，可识不可仿，家家各不同。库管也是精通业务的手脚勤快之人，入库物品名称、规格成色、新旧破损程度等注明得一清二楚，分类码放，定期检查，防潮防虫防蚀等措施随时在意。当铺老板有的要兼主事，做得大的根本不兼，自己的精力主要放在那些典当过期已成为当铺财产的各种物品的出路上。这些人对古玩书画市场和旧货杂物市场都相当了解，转手一卖，即可获取丰厚利润。当铺老板发财，并不指望吃当息厘金，当息厘金最多只能将铺面撑得起走，将典当过期的物品盘活，以高出原典当价数倍甚至数十倍的价格卖出去，才是他们雄踞于这个行业的真本事。

许老板的这套看家本领在少城八旗子弟迅速衰败的那几年达到一个无与伦比的高峰，发了大财，住进了宽巷子里的独门大院，心里好不惬意。闲散之时，或乘车出门拜友，或设麻局于屋，与一些中上层人士来往密切。

就在隔街的窄巷子里，有位刘文辉部下的王副团长，家里也算是书香门第，在许老板手上收购过几幅字画，交谈融洽，带着夫人沈玉香上许家玩耍，搓过几局麻将。后因刘文辉的二十四军移驻雅安，王副团长便难得再来，沈玉香在家无事，遂成为许老板家牌桌上的常客。

沈玉香虽生过一子，然保养得体，身材颀长，大鬈发，长旗袍，颈上项链、手上玉镯，甚是风雅。沈玉香瘾大牌臭，输的时候居多。一年多下来，竟然将自己手中的积蓄输个精光。沈玉香欲罢不能，思来想去，总想翻本，心一横，于是将腕上价值不菲的玉镯取下来拿去许老板的当铺里典当。

第二天到了许老板的家里刚在牌桌上一落座，许老板手拿玉镯哈哈大笑道：你这个人好粗心，上次在这里居然将你这件东西掉在了地上。很值钱吧，幸好没摔坏。来来来，归还给你，在我家里来耍，尽可放心，啥子东西也不会掉。

沈玉香脸上一红，心里掠过一丝喜悦。去当玉镯时，是见许老板不在店上才踏进当铺的，自然是怕他见到自己的窘相而感到难堪。而之所以要去许老板的当铺，是防以后赎取时节外生枝，一旦生出变故，当铺老板是熟人总归要好说话一点。不想许老板居然这么快就知道了这件事，更想不到的是他还有这一招，谈笑之间极其自然地将玉镯还给了自己。

　　许老板是在每天审视铺子里的业务时从登记册上见到沈玉香的姓名的。开初他也吃了一惊，不曾想到沈玉香输了点儿钱就落到这步境地。又疑惑，是不是同名同姓另外的人？因为沈玉香给他的印象还不错，虽是一位官太太，但性情柔和，并不乖戾，夫君在外，也不见她东晃西荡出入一些交际场所。若真是她打点儿牌输得来出此下策，自己无论如何也不可看其难堪而无动于衷。于是想好了若发现沈玉香手上的玉镯不见了，就用这样的办法来归还给她。

　　沈玉香脸上泛起红晕，额上沁出几滴香汗，喃喃道，我还以为洗漱后忘了戴，原来是掉在了这里。戴上玉镯，眼神向许老板抛去一丝感激之意，高高兴兴入座打牌。这一天不知是腰包里钱多底气足还是手气好，抑或是许老板会喂牌送牌，沈玉香一改逢打必输变为左右逢源，频频和牌，赢得大把钱而归。

　　之后的日子里，沈玉香有输有赢，因有许老板暗中相助，赢的时候居多，渐渐将前些时候的亏空填平补齐，心里好不高兴。在牌桌上和许老板谈笑风生眉来眼去，对迟早会发生的事情，彼此都感到心知肚明。

　　这天沈玉香算好是个自身"安全"的日子，许家既无牌局，许老板的夫人娃娃也还在黄龙溪老家玩耍未归，便薄施粉黛，微抹香颈，一早就踏入许家大门。许老板见她容光焕发，面露羞涩，已知其来意，寒暄几句，便请她入内室观看几件稀奇古玩。两人如干柴烈火，一入内室迅即紧紧搂抱在一起，宽衣解带，尽情嬉戏。

　　这两人顾面子，不愿张扬此事，更不愿留下后患败坏名声，所以不仅谨小慎微，次数有限，而且一定要沈玉香来选定可靠的日子。如此又是一年多过去，沈玉香觉得日子过得还挺滋润，鬓发披肩，旗袍衩长腿秀露，手腕上玉镯晃动，脸上笑口常开，成为宽窄巷子里令人注目的官太太、大美人。

有一天，沈玉香在牌局结束时当众说道，各位请另谋牌友同乐，我两天后要去雅安长住一段时间，我丈夫常年在外，也需要我去照顾照顾一下了。众人称道，许老板也认为此事人之常情，十分自然。

沈玉香一去就是三年多，刘文辉部移师驻防成都，沈玉香这才随夫君又回到窄巷子家里居住。稍一安定，便设宴招待旧朋好友。席间，王副团长夫妇抱出两岁多的女儿王雨清，王副团长说，雅安为雨城，又为女儿城。我家这个闺女是在雅安孕生，故取名为雨清。许老板，你的幺儿可能有五岁了吧？我记得他幼时活泼可爱，天资聪慧，我们两家打个儿女亲家如何？

许老板高兴地说，承蒙你看得起我家犬子，雨清长得如此秀雅，将来必是贤淑女子！来来来，我先将礼金奉上，你们王家定要信守许诺，到时不得反悔。说着便将银票取出来递给王氏夫妇。

王副团长打着哈哈正欲接过银票，沈玉香却阻止道，什么儿女亲家啊？娃娃还这么小，将来各自的习性爱好不得而知，况且我家老王身在部队，今后东南西北到处走，居无定所，大人也好，娃娃也好，能不能再见面都是个问题。这个事不忙谈，许老板家境好，你的公子以后娶个好媳妇会有什么难处，何必这么着急？

许老板心里诧异，觉得沈玉香以前对自己是恭敬有加，如今从雅安回来，态度似乎有些生分了。但他也不便勉强，笑嘻嘻地说道，本来儿女自有儿女福，用不着我们来操心。我想王团长不见外，瞧得起我家小儿，我能攀上这样的亲家，我做我的老本行心里就更踏实一些了。既如此，这银票我也只好收回了。

话音刚落，王副团长大声道：哪有吐出来的话又吞回去的，拿出来的票又收回去的？父母之命，媒妁之言，你我都是这样成家立业的，不是很好吗？礼票我收下来了，这门儿女亲也定下来了！来，喝酒！他端起酒杯便向许老板走去，旁边几位客人也在吆喝起哄，许老板只好起身与王副团长碰杯干了酒。干了酒他朝沈玉香望了一眼，沈玉香正向他瞑目，那个眼神顿时将许老板惊出一身冷汗。他心里一沉，明白这事糟糕了！

接下来的几天里，许老板寝食难安。他反复仔细回忆当初沈玉香提出去雅安的具体日子，再猜测王雨清的具体出生日期，觉得王雨清是自己女儿的可能性是很大的。沈玉香之所以向自己瞑目，难道不是明白无误地告诉自己这个秘密吗？沈玉香与自己交欢甚为慎重，一再表示不可怀孕。但百密难免一疏，特别是情浓意切时，贪恋之心必然越过防线，只留下一丝侥幸心情去欺骗自己。

许老板不愿毁了自己家庭，也不愿就此伤害沈玉香的名声，更不愿看到以后会出现的难堪的后果，思来想去，他决定逐渐断绝与沈玉香一家的来往，借口生意上杂事繁多，经营艰难，不再与王副团长和沈玉香搓牌，同时尽量压抑住对王雨清的关爱和念想，不送礼物不去探望，打算将两家的关系慢慢淡化于无形。

好在沈玉香的想法也是如此，于是乎这两人便心照不宣地演起双簧戏，从以前的麻友、密友变为街邻和路人，虽然宽窄巷子仅一墙之隔，日常生活中抬头不见低头见，也仅仅是打个招呼而已，相互绝不提及往事。

岁月如白驹过隙，转眼几年过去，到成都临近解放前夕，巷子里的各色人等纷纷做出不同的反应，住在一般民居里的人天天抱怨物价飞涨缺粮断薪，住在深宅大院里的人则惶惶不可终日，不断盘算着如何保家逃命。

这天，沈玉香身着素装神情肃穆突然登门造访许老板。许老板客客气气彬彬有礼地接待了她。沈玉香甫一坐定便从怀里掏出一张银票在桌上推向许老板道：这是你寄放在我家的银票，现在还给你，如今兵荒马乱的，你快兑换成银圆也许要保险一点。

许老板心头一热，眼里涌出泪水。他将银票又轻轻推还给沈玉香，讪讪笑道：你家现在手头也紧，况且这是订礼……

沈玉香立即打断他道：什么订礼？订的什么礼？你我两家有什么关系来订什么礼？

许老板喃喃道：这事是你家老王提出来的，我当初也觉得很合适，以为……

沈玉香再次打断他道：你觉得很合适？你是生意人，老王是吃军粮的，眼看他就要倒霉了，合适吗？

许老板不愿顺着沈玉香的话头说，那样岂不是太势利了么？他说：倒不是因为这样就回绝了你家老王的提议，我也喜欢雨清这个女娃娃，能成为自己儿媳妇，当是今生有幸。

沈玉香听到此，顿时泪流满面，掏出手巾掩面哽咽。

许老板内心翻涌，他感到无须再与沈玉香谈及这件事，这会更加刺痛眼前这个女人。都是聪明人，走到这一步，知道前面是崖还是坎，清楚该收步时亦收步，该放路时亦放路。但他又不愿收回这张银票，就算是给王雨清买点衣裤鞋帽，也可慰藉自己一丝歉疚。他再次将银票推向沈玉香，缓缓说道：我不会再提儿女亲家的事了，这银票请你收好，从没给王雨清买过礼物，烦请你代劳了。

沈玉香抬起泪脸：你我都不再提起这件事了，历来指腹为婚悲事多，儿女亲家成仇家。我不想得到这样的结果，希望你也不要看到这样的结果。今天我来这里就是明确这一点，我想你心里也是明白的。银票是你的，我拿了是后患。我告辞了，你自保重。

沈玉香说完立起身头也不回地走了。

许老板坐在椅子上半天没动弹。他佩服沈玉香这一手，还了情，了了愿，说话点到为止，绝不将难堪一语彻底戳穿。

不久，王副团长随部队起义后移防外地，全家就此离开了窄巷子。

许老板当铺关闭，宅院处理掉后，举家回到了黄龙溪。

以后的许多年月里，宽窄巷子里换了不少人氏，但街巷仍如以往那样幽深而静谧。

无意问柳有心折花

成都刚解放不久，巷子里几乎每天都有新鲜事情发生。有一天离我家不远的 51 号院内一位叫郑礼先的老板突然被派出所带走了，街坊上左邻右舍的居民都在说郑礼先鸦片烧了十多年，这次是被政府送去戒毒所强制戒毒去了。新中国成立初期被政府送去戒毒所强制戒毒的人不少，巷子里至少有七八个。这本不是什么稀奇事，但邻居们津津乐道谈起郑老板的则是关于他在烟馆里吸烟遇上一位女子从而酿成的一段风流史。

新中国成立前郑老板在盐市口烟袋巷里开有一间专售水烟袋的商铺。烟袋巷里的商家三十多户，基本上是店厂合一，走到这个巷子里，除了嘈杂的人声之外，就是叮叮当当的敲击声。水烟袋商铺的柜台上摆满了各式各样的水烟袋，白铜、黄铜、紫铜的居多，楠竹、斑竹的居少。楠竹、斑竹的水烟袋基本上是乡下的人进城来买，白铜、黄铜、紫铜的则是城里的人来选购。而在铜制水烟袋上配饰金银纽丝，雕刻各种图案，镶嵌着玉石玛瑙的，就只有大户人家豪绅贵胄之类的人才来问津的了。

水烟袋上半部分为一稍微弯曲的细长的吸烟嘴管，以及一粗短的填装水烟丝的烟嘴管；下半部分是一盒式烟仓，分为储烟室和储水室，储水室和吸烟嘴管及烟嘴管相通。吸烟时点燃烟嘴管里的烟丝，稍用力吸吮吸烟嘴管，烟就会通过储水室过滤之后，再经细长的吸烟嘴管进入吸烟人的口中，水烟袋此时就会发出十分好听的咕噜咕噜的声音，配以吸烟人吞云吐雾神情怡然之状，活脱脱构成昔日一幅慵懒自在的典型图像。

纸烟是舶来品，水烟是中国特色，那时纸烟还没有过滤嘴，水烟袋却已经从一般的烟杆烟斗发展到用水过滤烟油及其他一些杂质的新式工具，自有其骄傲得意之处。

旧时的成都，踏进公馆里，走到街巷上，随时可看见男男女女或站或坐，左手捧水烟袋，右手用拇指和食指从储烟室里夹出些许烟丝，仔细填充在烟嘴管里，然后指尖握一火纸捻，嘟起嘴一吹，火纸捻头现一蚕豆大的明火，待火纸捻将烟嘴上的烟丝点燃后，旋即将嘴含住水烟袋吸烟嘴管吸吮。待吸得心满意足后，打一个呵欠，吐一口水痰，该做什么就做什么去了。

郑老板的生意好，他制作出售水烟袋，自己也心安理得地吸食水烟，如是这样，也许日子会一直一成不变地过下去了。但他染上了鸦片，那鸦片给人的舒心程度不知比水烟强过多少倍，稍一吸上两口，顿觉骨软体酥，周身通泰，如入仙境。

成都人吸食鸦片烟的时间虽然比沿海地区短，但也有好几十年的历史了。自咸丰年间清政府迫于鸦片战争失败后的实际情况，公示允许民间可以种植、买卖、吸食鸦片，成都地区于是乎遍地盛开罂粟花，温江、郫县、崇州、大邑、双流、华阳的农田里，随处可见色彩艳丽的罂粟花在迎风摇摆。

从那时起，各地都设有厘金局，正式对种植、买卖，甚至吸食鸦片收取各种费用。到民国七年（1918）后，又因四川军阀割据混战，政出多门，鸦片烟税名目繁多，五花八门，到了无以复加的程度。烟亩税、起运税、过境税、印花税、营业税、牌照税等等不一而足。甚至不种植罂粟的，责令交纳所谓懒捐，种植罂粟改为种粮的，要加倍收取粮捐。

成都市区内的烟馆一度曾比茶馆还多。郑老板开初只是钻进小街小巷里的一般烟馆里去吸食鸦片，那里的吸资不高，也可过瘾。但吸过几次，感到这类小烟馆房屋低矮狭窄，空气龌龊，硬木板通铺，进进出出都是些苦力游民，实与自己的身份不符，于是转而向档次比较高的烟馆里去吸食。他进过春熙路的卡尔登，提督街的过雨轩，锦华馆内的聊园，这几处的装饰豪华，设备一流，专人专榻，烧泡技术精湛，更有妙龄女子伺候茶水糕点在侧，随时可为顾客捶背按腰，每去一次都犹如云游仙境一般快活。但这些高档烟馆费用奇高，加之来来往往的其他顾客都是些衣着非凡、气宇轩昂的上层人物，自知此类场所非本人久留之地，于是又转而寻求符合自己身份和腰包鼓胀程度的地点去过大烟瘾。

南大街上有一"云逍遥"烟馆，门口悬挂红灯笼，室内厅堂有副行书对联曰：云雾伴君天际游，烟香附身逍遥津，两侧各设四个吸烟室，四个吸烟室又分两大两小，大为供八人同时可吸的大烟厅，小为两人，有时一人也可，算是小包间。仅进去过三五次，郑老板便被迷住了。倒不是因为这里烟资合理，烟质可靠，而是这里的一位女子给他留下了深刻的印象。

这女子姓胡，名淑贞，年约二十五岁左右，模样还算端庄，在烟馆里当侍女，给客人端茶送水按摩捶背，言语不多，不见她有什么浪言戏语，也从不纠缠顾客索要小费。见她动作麻利手脚勤快，郑老板便有一些好感，每次进"云逍遥"，都会去胡淑贞服务处的烟厅吸食。

有一天，烟馆里一伙计急匆匆进来告诉胡淑贞，说你公婆来了，还牵着你细娃子，哭流扒涕的，说是你公爹病重，叫你再找点钱她好带回去治病。胡淑贞赶紧起身走了出去，过了许久不见转回。郑老板付了烟资准备回铺子，刚跨出大门便见胡淑贞抱着她两岁多的儿子和她公婆蹲在门外墙角处暗自哭泣。郑老板好奇，便上前打听。胡淑贞一味抽泣并不回应，她的公婆则抢着话头开言道：我的命惨啊！我的儿好端端一个人，做点小生意，娶了个好媳妇，生了个乖孙子，想不到在龙泉山下遭棒老二给打死了啊！媳妇出来找点事做，养家糊口，哪晓得我那个老头子得个痨病，拖得一家人要死不活的。我来找媳妇要点钱，人没断气总得想法子医啊。媳妇拿不出，说月薪还不到。找老板借，老板说这个店对内对外从不说借欠的事。走投无路啊！走投无路啊！想去跳百花潭了。

郑老板想也没想，将衣包的整钱零钞悉数掏出，也没细数，全部递给胡淑贞公婆，摆了摆手，赶紧转身离去。他只听得胡淑贞公婆在背后不断呼喊道：谢谢先生！谢谢恩人！谢谢你了！快走到拐角处时，他回头望了一眼，见胡淑贞还双腿跪在地上，头朝自己走的方向长埋不起。

后来有半月之久郑老板没去"云逍遥"烟馆，他倒不是不想去，而是很想去了解胡淑贞一家现在是什么情况，还觉得这么长的日子没见到胡淑贞心里闷屈得慌。他觉得胡淑贞虽为烟馆侍女，举手投足间还不时显露出一些农家土气，算不上风尘女子，自己倒还喜欢这样的女人。但他又感到去了有点可笑，是去讨别人的磕头感恩，还是去谋求别人的额外回报？人嘛，能行善就行善，不能行善也别有损人之道。况且那天拿的那点钱，只能为胡淑贞一家解一时之危，尚不能助人以彻底走出困境。他就这么左思右想举棋不定，挨过十来天的时光。

这天关了铺子走回宽巷子住家，到巷口天已黑尽，突然从墙角处传来一声招呼：郑老板！

郑老板一听这声音，内心一阵狂喜！他明白这是胡淑贞在招呼他，他停下来，胡淑贞一手提一竹篮一手提一只脚被捆住的公鸡满脸堆笑地走近他，他惊喜地问道，怎么会是你？你是怎么找到这里来的？

胡淑贞说，烟馆老板说好像你在宽巷子住，我不知道你在哪个公馆里，就在巷口里等，终于等到你了。

郑老板问，你等了好长时间？

胡淑贞说，没得好长，就是脚都站麻了。这里有点花生，有只鸡咯咯，家里的，请你尝尝。

郑老板心里有些感动，问，你家里现在怎么样？你公爹的病好些了么？

胡淑贞说，我公爹的病治还是在治，恐怕一时半会儿还治不好。我婆婆说你是善人恩公，叫我一定要当面向你感谢。拿不出啥东西，请你不要笑话我们。说着便将竹篮和公鸡递给郑老板。

郑老板赶紧收下，将这两样物品放在地上便急忙掏腰包。胡淑贞见状急忙说道，郑老板请别这样，你上次送的钱我家还在用。你要是帮我，我想请你帮我找个能挣碗饭吃的地方，能将我公公家的生活敷得起走，我就千恩万谢了。

郑老板惊讶地问，那你没有在"云逍遥"里做事了？

胡淑贞说，自你送钱给我公公治病后，我回家去照料了几天，上来后烟馆就没要我了。

郑老板长叹了一声，在原地踱着步子，喃喃自语道，我铺子上已请得有三个手艺人，周围几家铺子人手也都够了，况且你也做不来那些事。他心里突然一动，问，你到我家打点杂，当用人行不？

胡淑贞高兴地说，当然愿意！我们从乡下来的女人找事情做艰难得很，能当奶妈用人是求之不得的好事，只要有碗饭吃，干啥都行。说完便将竹篮和公鸡提起准备跟郑老板走。

郑老板家原来请得有用人，当时家里两个小女孩还小，夫人又爱出去打麻将，请个用人照看小孩做家务，省了许多烦心事。现在小孩读书了，夫人将洗衣做饭之事一并承担了下来，也就不需雇人了。领着胡淑贞朝家走去，郑老板心里有些犯难，咋个给夫人说这事呢？万一夫人顶起不同意，这个台阶如何下？快到家门口时，他附耳对胡淑贞说了一阵，胡淑贞边点头边抿嘴笑，要得要得，我听郑老板的安排。

一进家郑老板便直接将胡淑贞带到夫人的房间，对面带诧异的夫人说道，这个女子叫胡淑贞，是店上老江的侄儿媳妇，家里穷，想出来谋点事。老江求到我，我想你这几年也辛苦，家务事揽完了，牌也难得出去摸一把。今后起，让这女子做这些，住就住在侧屋里，你腰酸背痛也可叫她给你捶一捶。

胡淑贞这时深深弯腰叫了声老板娘好。郑老板夫人仔细打量了一下胡淑贞，觉得她眉眼长得还可以，看身形，肯定生过娃娃，手掌也大，是个做活路的人。问她，你家里都有些什么人啊？

胡淑贞说，家里有公婆公爹，我丈夫已去世了，儿子还不到三岁。

郑老板夫人问，你丈夫死了！咋回事呢？

胡淑贞哽咽，轻声道，是被人打死的。

郑老板插话，老江给我讲，她丈夫做点小生意，遭棒老二抢的时候，和棒老二对打，整不赢，被打死了。

郑老板夫人心生同情，声音也柔和起来，问，那你以前出来做过事没有？

胡淑贞答，出来做过，只有半年多点，主人家脾气不好将就，便辞去了。

郑老板夫人又问，会做饭菜不？

胡淑贞答，这些都会，泡菜腌菜香辣菜都会做。

郑老板夫人沉默了好一会儿没表态，郑老板又赶紧说道，老江跟我们十多年了，没有求过我们一件事，帮人也是帮自己，你这就轻松了嘛，想打牌就打牌，想走人户就走人户嘛。

郑老板夫人笑了，点了点头。

郑老板如释重负，胡淑贞心情愉快，郑老板夫人也高高兴兴放好花生和公鸡，去替胡淑贞安顿好住处。

自打胡淑贞来家操作家务杂事以来，饮食安排得简朴得当，室内室外收拾得整洁清爽，郑老板夫人每日下午打牌回家，输赢都有好心情。郑老板更是长了精神，在铺子上精心打理业务，落屋后小酒一喝便哼哼哈哈吟着川戏。只是晚上心里似乎有条虫虫在爬，老是想着胡淑贞的脸蛋和身子，旁边夫人在轻微发出噗鼾声，他翻来覆去老是不能入睡。

这天郑老板在家扎账，算盘敲得玉珠般翠响。夫人涂脂抹粉出去会麻友去了，娃娃自去学堂，胡淑贞轻手轻脚进屋沥水，正欲离去，被郑老板一把勾住腰肢，紧紧搂住，一阵狂吻。胡淑贞并不反抗，将湿漉漉的嘴大张，任由郑老板吮哑。不几下便浑身酥软，被郑老板抱上床疯狂折腾了好一阵。

自此以后，郑老板总是寻求各种机会与胡淑贞亲热一番。胡淑贞一来觉得郑老板心地善良，为人厚道，自己危难之时出手相助，并无非分之想，值得信托；二来夫君既死，幼子待哺，双老垂残，现在能在此处遮风躲雨，尚有余力支撑家庭，实在是靠郑老板庇护，心中早已拿定主意，为报答这个恩惠，郑老板要什么都成。更何况还年纪轻轻，一旦钟情，巴不得被烧个粉身碎骨，在所不惜。

三个多月后，胡淑贞即有身孕，郑老板有心想娶胡淑贞，内心也早有考虑，好几次趁夫人高兴时提起想要个继承香火的儿子一事。夫人也懂他的意思，心想若是反对，自己又没有生个带把儿的出来，欠缺底气，眼下的胡淑贞本本分分，对自己恭敬顺从，做事麻利勤快，想来以后不会对自己构成什么威胁，加之那时纳妾仿佛家常便饭，便爽快地答应了丈夫的要求。于是乎，请来证人，字据一签，酒席一办，胡淑贞光明正大地成为郑老板妻妾。

胡淑贞身份变了，诸事照旧，白天忙里忙外，晚上与夫君同眠共枕，尽享百般温存。翻过年，果然生出个胖儿子，一家人皆大欢喜。

郑老板自将胡淑贞带回家后便再也没去过烟馆，但烟瘾还在，即使满门心思放在胡淑贞身上，烟瘾一来，仍难抵挡。他于是购得一副烟具，买来烟膏泡子，在家里吸食。

新中国成立后，人民政府清理烟赌黄，端了所有的明娼暗妓窝子，收缴了纸牌麻将，封闭了大大小小的烟馆，对于烟瘾者造册登记，分期分批实行集中强制戒毒。郑老板被带走后，夫人替他照看铺子，胡淑贞打理家务，十天半月去探望一次，带点换洗衣物和食品。

半年后郑老板回到家中，虽然瘦下去许多，但精神尚好，谈起戒毒，满口称道。那时政府法令如山，戒毒出来的人几乎没人敢去复食大烟的，即使烟瘾袭来心如刀绞，成要死不活之态，但终于纷纷熬了过来。过了两三年，郑老板身体恢复如初，继续经营他的水烟袋铺子，一家人也悄无声息地在巷子里过着平静的日子。

双凤栖一树

马方达原是崇州人，上成都经营布匹绸缎，数年后在东大街和顺城街各开设有一处商铺，生意做得还算顺畅。有了点积蓄，便打算在市内购置一处房产，将在老家的亲属接上来。

辛亥革命后头几年，宽巷子的旗人成了亡国之夫，只好靠变卖田地家产勉强撑着过日子。马方达看中了一处院落，正处于宽巷子居中的位置，门楣高大宽敞，院内砌有水池假山，树木繁茂，青砖瓦房黄木雕花窗，成色还不错。马方达主动上门与房主人商讨，但房主人口硬，坚持不杀价，双方僵持不下，事情便拖了下来。

1915 年年底袁世凯悍然宣布复辟封建帝制当上了洪宪皇帝，云南等省组织护国军，旗帜鲜明地反对袁世凯，表示坚决维护中华民国民主共和体制。护国战争爆发后，云南蔡锷所部攻入四川占领叙府。

当时由北洋政府控制的川军有两个师奉命抵抗入川的护国军，这两个师虽属同一体系，但在对待护国军的态度上却南辕北辙，二师师长刘存厚率部宣布反戈，与护国军蔡锷所部联合向四川泸州发起攻击；一师师长周骏想趁机进一步趋附已身为天子的袁世凯，领军急从重庆赶赴成都，以图阻止护国军夺取四川省府的目的。但其部下士兵多为成都籍人，不愿给妄图复辟帝制的袁世凯当炮灰，纷纷脱离部队，周骏到了成都后，竟面临无兵可用的窘境。

周骏心急如焚，在成都苦苦寻求兵源，万般无奈之下突发奇招，少城内旗人还有上万人，都还沉浸在"小楼昨夜又东风，故国不堪回首月明中"的绝望彷徨之中，叫他们来为恢复皇室地位而战，兴许还能起到作用。果不其然，告示一贴，响应者众，不出十日便充编起一支三千人的八旗军。

新军正式成立的这一天，周骏身着笔挺的戎装，志得意满地登上检阅台，双眼在全场一扫，眼前的状况竟令他哭笑不得。台下这支三千人的部队，个个精神萎靡不振，弓腰驼背，呵欠连天，有的还鼻脓口水，睡眼惺忪，一副垮杆模样。眼瞧这些鸟笼子提得起但枪却扛不起，不烧烟没有劲烧了烟照样没有劲的人，周骏怒火中烧，照他的脾气，想立马解散这支刚成立的部队。但转念一想，花了这么大一笔钱，费了很大的劲，方招得这支数千人的队伍，护国军已打到自贡一带，离成都咫尺之遥，遣散了这些人，自己又从哪里去招兵呢？而且眼下的形势是大兵压境，迫在眉睫，根本就没有时间来从头做起了。万般无奈之下，他也只好将就这支旗人之师去对付来势汹汹的讨袁大军了。

可想而知这支滥竽充数部队的命运，还没行走到简阳，与护国军先头部队甫一交火，便如汤浇蚁穴，溃不成军，半天之内死伤众多，其余的顿时作鸟兽散，旗人之军瞬间化成灰飞。

经此　击，少城内剩下的旗人惊恐万状，哪里还敢留在原地，纷纷匆忙处置家产北上逃命，无法撤离的也不再待在老家，或投奔友人暂且安生，或没于乡间隐姓埋名。

这下轮到急于出手的房主人来找马方达了。马方达是何等精明之人，当然不失时机以极其低廉的价格购下这座院落，整修一新后便打信叫夫人王明珍带幼子从老家迁来成都定居。

王明珍带着幼子来了，同时还带来她的妹妹王明惠。王明惠年方二八，本是肤嫩体润之际，然自小多病，所以看上去像根干豇豆。王明珍告诉夫君马方达，妹子在老家四处求医，久治不见成效，现在想借家里到成都定居之机，带妹子来省府找个好医生给诊治诊治。王明珍怕马方达不高兴，一再强调一旦妹子病好了就会立即回去，肯定是不会给家里添麻烦的。

马方达虽是生意人，善于精打细算，但内外之分心里还是有数的。夫人王氏性格温和，心地善良，长时间独自在老家精心抚育幼子，上成都后一如既往对自己体贴入微，实为贤妻良母。成都条件比老家好，现在想帮其妹来此调治身体，也是人之常情。所以马方达笑吟吟地说道，这有啥麻烦的，院子宽得很，小姨子随便住哪间房子都可以。看着病恹恹的王明惠，身为姐夫的马方达宽慰她道，我去帮你找个好郎中，你就在这里安心治病，病好了也不用回老家去了，我再在成都给你物色个好夫君，你嫁了人，你们两姊妹也不会离得好远，还经常可以见面，好得很！

一席话，让王明珍两姊妹听得来喜笑颜开，高高兴兴急忙去布置房间各自安顿。

马方达没有食言，打理业务之际，抽出时间四处寻访名医，带着王明惠去看病。这王明惠的病说复杂也复杂，说简单也简单，自小性格内向，喜静厌动，食无欲，全身乏力。医生开的药不外乎是些补气血开肠胃，调阴补阳之类。王明惠一边吃药，一边为姐姐做些家务事，活动增多，加之到成都后心情愉快，不断接触到新鲜事物，身体便在不知不觉中好了起来，不出半年，脸上泛出红润，肌肤日渐丰满。

这段时间因民国初建，按照中国历史的传统，改元之后必然易服，这是天经地义之事，也是新政权新形象的重要体现。政府中虽然各种政治派别之间角力不断，各地军阀还处于你打过来我打过去的混乱之中，但民国政府在仿效西方政体建立法制制度上却不遗余力，颇费了一番工夫。除了极为重要的政令如《中华民国临时约法》《中华民国临时政府组织大纲》等大法外，还宣布了许多法规法令，其中就有一部关于服饰礼仪的法令《服制》。

众多法规法令形同虚设，唯独这《服制》法规因为得到各界的认同和欢迎，故能畅通无阻，顺利推行。《服制》对民国政府、机构、军队、学校，以及一般市民在男女正式礼服、日常便服的样式、颜色、用料等方面都做出了具体的规定，大力推行男式为中山装和西服，女式为新款式上衣下裙，用料为本国丝织品、棉织品或麻织品。《服制》一出，布匹绸缎商家和服装厂家抓住改元易服这一商机竭尽全力推波助澜。马先生在此大好商机之下，心无旁骛，专心致意经营布匹，对布料的来源、质地、运输、入库保管、稳价出售等各个环节都精心做了审定和安排，许多厂家都愿意与他合作，每天前来提货的人络绎不绝，他的收入也如流水一般源源不断淌进腰包。

真是喜上加喜，夫人王明珍上成都一年后又产下一女，这令马方达心情十分愉快，每天忙完店铺上的事便匆匆回到家里呼儿唤女，斟酒吟戏，觉得这日子好似神仙一般。

心情十分愉快的还有小姨子王明惠。随同姐姐上成都后一年多，服了十多剂药，加之生活环境和习性都有很大变化，自感病况全无，觉睡得香，饭吃得多，身上长了不少肉，胸脯子也在急剧膨胀，竟与原来初到成都时的干豇豆形同两人。王明惠每天帮姐姐带娃娃，做点家务事，感到乐趣无穷。有时抱着姐姐的婴儿凝眸细看，越看越入神，觉得这婴儿又像姐姐又像姐夫，咋回事呢，好生奇怪。嘴唇轻吻婴儿稚嫩的脸蛋儿，竟有一股令人眩晕的幸福之感瞬间传遍全身。

这天天热，王明惠穿着一件薄纱衬衫，正抱着婴儿在厅堂里哄逗，马方达回到家里，兴冲冲地要从王明惠手中抱过婴儿亲吻，手背不经意从王明惠胸乳上滑过，王明惠尖叫一声，双手一松，差一点将婴儿摔落在地，幸好马方达顺势接住，惊讶地望着王明惠。王明惠满脸通红，双眸含羞，扭头匆忙离去。

第二天马方达刚跨进门，却见夫人王明珍抱着婴儿坐在厅堂里，神情严肃，不等马方达落座，便开口问道：昨天，你对我妹子干了什么事？

马方达一脸困惑，反问道：对你妹子干了什么事？我对你妹子会干什么事？

王明珍说：你干的事你还不清楚？告诉你，我妹子已给我讲了！你居然去摸她的奶子，你想揩小姨子的油么？

马方达双手一摊：真是活天冤枉，我从没起过这个念头。昨天是我从她手中接过娃娃来抱，就这样，看嘛，就像从你手里接过娃娃一样……马方达从王明珍身上抱过娃娃大声道：可能沾了她一下，咋能说是在揩她的油呢？

王明珍追问：你是不是故意沾她的？

马方达有些生气：把我想成什么人了？我做生意是本本分分的人，我做男人也是本本分分的人，我咋会在你妹子身上打起主意来了呢？

王明珍听到此，突然哈哈大笑：看来你们两个都还老实！特别是我那个妹子，说起昨天的事差点笑死我了。

马方达一脸雾水问道：你妹子到底给你说了些什么？

王明珍还在不断地打着哈哈：她今天上午对我讲她昨晚一宿没睡好，老在想是不是和姐姐一样会怀孕生孩子了。我吓了一大跳，问她咋回事，她讲你昨天抱娃娃时碰到她那里了，当时就心慌意乱的，全身都麻了。

马方达听到这里扑哧一声笑得前仰后合。王明珍继续讲道：我骂她，傻女子，生娃娃这么容易么？她还犟起说只见到你和我亲嘴牵手，娃娃就生出来了，又像爹又像妈，她羡慕得很。

马方达说：你妹子太单纯了，平时大门不出，根本没和外人交往过，好多事都不懂。现在她也到该找夫家的年纪了，我答应过帮她物色对象的事，我这就记在心上。你也该在这方面教教她，不然还会闹出笑话来。

王明珍说：当然我会教她，现在不教何时教？你也不必去替她物色对象了，她说她已经心里有人了。

马方达惊诧：她已经有心里人了？这么快，是谁啊？

王明珍笑盈盈地指着马方达说：我妹子说就是你！

马方达一时回不过神：你妹子说就是我？这个意思是说她想嫁给我？和你一样？你在开我玩笑？在蒙我？

王明珍坦然道：谁在和你开玩笑？王明惠明白无误给我讲的，她说姐夫人好，是个厚道的大哥，能干，会办事，是个靠得住的男人，她喜欢。

马方达心里掠过一丝惊喜，身边有个活鲜鲜的小女子喜欢自己，真是难得的福分。但他又感到疑惑，喃喃道：你同意你妹子嫁给我，那你呢？

王明珍头一仰：王明惠嫁给你，你就把我休了噻！

马方达手一挥：简直是胡说八道！我什么时候动过休你的念头？

王明珍得意地说：谅你也不会有这个念头。我给你又生儿又生女，让你家香火旺，生意隆，你要赶走我，说得过去吗？告诉你，我仔细想过了，我的妹子太单纯了，本分老实，嫁给他人我不放心，离开我眼皮子我不放心。让我妹子跟你，我放心。我会天天见到我妹子，我就彻底放心。我不会吃醋，你放心！我有一条，你要像娶我一样，对我妹子明媒正娶，要正式宣布，要办酒席，你家我家的人都要请来见证！

王明珍一席话说得斩钉截铁，让马方达听得来心花怒放，不断频频点头：行，行，明媒正娶，正式宣布，办酒席，都请都请。

半年后，马方达将王明惠娶为二房，王明珍与其妹子相处如旧。几年过去，王明惠也生得一儿一女，马方达身边两位姊妹花相拥，膝下儿女双对，生意顺风顺水，成为宽巷子院落里最令人羡慕的一家人。

世事难料，好景不长。在抗战期间，日机轰炸成都，马先生在顺城街的铺面及库房被大火焚之一炬，损失惨重，加之社会生活荡不安，马先生的生意竟由此一蹶不振。到成都临近解放时，他手上还握得有的就只是宽巷子里的那座房产了。

他的子女都已长大成人，相继寻找到工作并安了家。之后是一段极其平淡的日子，直到 20 世纪 60 年代马先生夫妇三人相继去世，他家的院子里除他四个子女分住外，还租住着七八家外来户，昔日清爽洁净的大院显得阴暗潮湿，杂乱哄哄，全无商贾之家的富贵派头和殷实之气了。

20 世纪 80 年代是个风起云涌，令人躁动不安的年代。看似平静的巷子里也不时浮起追逐的念想和欲望的气泡。先是马先生最小的女儿马敏飞越大西洋到美国去开餐馆，继后是最大的儿子马锋在马敏的协助下在国内参与走私活动。走私活动的金钱来得快来得猛，它的结果相应是去得快去得惨。在一次走私货物交接过程中，走私双方被海关人员包围，马锋拒捕潜逃，全身被一梭子打成蜂窝煤洞洞，顿时鸣呼哀哉。不出两年，他家其余的人渐渐移居别处，曾经令人敬重和羡慕的马氏一家，就此彻底从宽巷子人们的视线中消失得无影无踪。

婚姻的困惑

1963 年的秋天，继井巷子里某大院的徐明莉寻短见自杀后不久，宽巷子某大院里的唐绍先神经便失常了。这两件事同时在两条巷子里的人群中引起了一场轰动。

唐绍先和徐明莉原是高中同班同学，成绩都很优秀，唐绍先考上清华物理系，毕业后分配在成都一军工企业里当技术员，徐明莉考上四川医学院，毕业后分配在成都一市级医院里工作。两人自参加工作后即明确了恋爱关系，常见他俩傍晚在巷子里散步，虽然碍于当时的社会风貌，不好意思手拉着手，但相互笑眼相视，含情脉脉，也算是风情万种。在旁人眼里，他俩犹如天作之合，郎才女貌，十分般配，很是令人羡慕。

他俩约会多数时间是在井巷子，因为宽巷子里来来往往的人多，远不如井巷子幽雅清静。井巷子离宽巷子只有几步路，虽说都是小街小巷，但特点却是大不相同的。

井巷子以前的名称叫如意胡同，是镶黄旗居住的地方，后来之所以改为井巷子这个名称，其源盖出于路中间曾有一口大水井。这种在

井巷子中康熙年间的水井　1994 年　周孟棋摄影

街道上挖掘出的水井在这个城市中是极为少见的，一般都是建在院子里，即或建在院外，也是靠近路边或某个墙角处。井巷子这口大水井却不偏不倚立在巷子路当中，行人路经此处要绕着井台走，自行车、架板车要小心别撞上井沿口，汽车则根本无法通行。这口井井台约高半米，四方形，有三级石梯，井边竖有井架，一进巷口便可看见。我小时候邻居一位大哥哥骑自行车搭着我玩，从宽巷子穿过窄巷子，又从窄巷子飞车到井巷子，一头撞在井坎边，他摔得鼻青脸肿，我则满嘴流血，还差点翻进井里去，所以我一直对那口井心存恐惧。1959 年的某一天，那口井的井架垮了，砸死了一位提水的妇女，巷子里的人再也不愿到这口井来取水，时隔不久，便将这个标志性大水井给填平了。

井虽填平了井巷子的名称却没变。与宽窄巷子不同之处，除了原先那口大水井外，还有井巷子是条半截巷，它和宽窄巷子虽然都是西起同仁路，但宽窄巷子沿东头一直延伸出去与长顺街相衔，井巷子却半路上右拐出去与西胜街相会了；二是井巷子是半边街，它不像宽窄巷子那样街道两边都是房居，它只在北面有，南面是一溜长长的砖墙，墙的另一边就是我曾就读过的西胜街中学；三是井巷子北面的房屋全是院落，不像宽窄巷子那样院落和铺板房相杂。

这样一来，居住在井巷子里的人就与宽窄巷子里的人有许多差别。宽窄巷子人多嘈杂，喧闹无比，井巷子人影稀疏，清风雅静。宽窄巷子里的娃娃粗野调皮，井巷子里的娃娃娴静斯文。有一次宽窄巷子里的娃娃打群架，吹火筒、火钳、扁担、晒衣竿都上阵了，双方一直将战火蔓延到井巷子。宽窄巷子的战斗人员都有不同程度受伤，但无一人哭叫，反倒是井巷子里的娃娃吓得来发出惊恐之声，纷纷仓皇逃窜，四处躲避。

不过井巷子自有独特的优势。粮食困难时期，城里的人想方设法种点儿庄稼以求果腹，宽窄巷子拥挤得来无立锥之地，连栽葱葱蒜苗的地方也找不到。井巷子人氏却有院子对面墙脚下一条狭长的地带，他们很快就将那里开辟成自己的菜园地，种上红苕、土豆等块根植物和厚皮菜、莲花白等产量高的大路蔬菜。为了保卫这些足以保命的劳动成果，井巷子里的娃娃终于显示出了无比的勇敢和坚强，与前来行窃的宽窄巷子娃娃发生过好几次冲突，轰退了来犯者，捍卫了井巷子的尊严和墙脚下的阵地。

徐明莉的家也是一座大杂院，有七八户人家居住。这座院子是她家祖宅，她家独自居住时，院子里开得有诊所，她爷爷及她父亲就在家里坐堂诊治病人，是远近颇有名气的中医老师。1956年后随着公私合营大潮兴起，私人诊所逐渐绝迹，她爷爷年事已高不便出门，终日在家习字读书。她父亲为生计进入一家合营诊所工作。她家独院则分割大半部分出来租赁给其他人居住。

她上大学时曾想报考中文系，她爷爷说：我家世代学医行医，从未断弦。功名如尘烟，钱财如浮云，学国文固然好，但你一女孩，还是学医为上，祖上至你父辈都是靠的中医吃饭，你是新社会读新书的人，去学西医吧。

徐明莉是个温顺听话的姑娘，自然听从长辈之训，踏入四川医学院大门，并以优秀学业毕业，有了工作，一切都是平顺圆满。更让她欣慰的是，昔日同学唐绍先居然清华毕业后回到成都，高中时青涩朦胧的钦慕突然萌发出抑制不住的爱恋。

唐绍先在宽巷子的家她轻车熟路，借口看望老同学之机登门拜访过两三次后，唐绍先便来了感觉。处于青春期的女子怀春，男子钟情，这是极自然之事，徐明莉的情感如涓涓细流，温馨可人，唐绍先的情感如闸门开启，浪波汹涌。两人从这条巷子踱到那条巷子，再从那条巷子踱到这条巷子，不知重复了多少脚板印。两人回忆着高中的趣事，交流着大学里的生活，虽没有卿卿我我，耳鬓厮磨，但都感到心心相印，情深意浓。双方的家长都很喜欢这对年轻人，说人品有人品，说文化有文化，相知相爱，实在是一对秦晋之好，连理之枝。

　　一年半后，唐绍先和徐明莉准备结婚了，双方家庭也积极开始杂七杂八的筹办工作。然而，想也想不到的麻烦这时却钻出来了，这个麻烦也就此改变了这对年轻人的一生。

　　那时办理结婚证，需得有双方各自单位开具证明，而单位要开具证明，需得本人如实填写本人及家庭的详细情况。本人及家庭的详细情况除了本人姓名性别年龄籍贯学历外，还需写明政治面貌奖惩记录工作简历以及每项有两人以上证明人的姓名。家庭情况除直系亲属外还需注明旁系亲属，每个成员的情况要从新中国成立前三年起填写。

　　唐绍先老家在山西，成都和平解放后，地方政府从山西抽调一大批各类工作人员来充实各部门的力量，唐绍先父亲被安排在水电局工作。从革命老区过来的家庭，自然是莫得说的，不仅干净，而且鲜红，唐绍先大学毕业后能踏入军工企业，根源也在于此。

　　徐明莉家谈不上有什么色彩，世代行医，悬壶济世，不惹世事，不沾政治，清清白白，家里要娶个媳妇嫁个女，会有什么问题？

　　但唐绍先厂里却发现了问题！他们看到徐明莉的舅舅居然与蒋介石一起盘踞在台湾！于是他们旗帜鲜明地向唐绍先表明不能给他开具同意与徐明莉结婚的证明。

　　唐绍先向厂里说明徐明莉舅舅的情况徐早已向他讲过，他是知道的，徐明莉舅舅是旧政府银行职员，新中国成立前夕护送金库先期去了台湾，十多年来无音信。徐明莉小时候见过她舅舅两面，上小学后就再没相会过。这事徐明莉和自己结婚组成家庭应无任何关系。

　　厂里说，咱们军工企业是高度机密单位，单位里每个职工的政治可靠，家庭成分可靠，与外单位的人结婚也要求这些条件可靠。你的情况已研究过，鉴于徐明莉的舅舅在台湾，我们不能给你出具结婚证明。

唐绍先生气了，大声道：我是与徐明莉结婚！不是与徐明莉舅舅结婚！徐明莉是我同学！新社会长大的学生！我不认识她舅舅！她舅舅与我毫不相干！

厂里的人冷静地说，我们也不认识她舅舅，但她舅舅在台湾，她要和你结婚，你又是我们厂里的人，这事就和我们工厂有关系。不同意本厂职工与外单位家庭历史复杂的人结婚，这是原则。说完将唐绍先的结婚申请报告书退还给了他。

唐绍先万万没有想到开个结婚证明竟然会遇到这么一个问题，他抓起申请报告挥舞道：我结婚是要看人品好还是要看家庭好!? 徐明莉的家庭历史又复杂到哪里去了!? 你们有什么证据能说她的家庭有问题!?

厂里的人仍然冷静地说，有没有问题不是明摆着的吗？她家里有人在台湾，这不是证据是什么？

唐绍先气得喷血，大吼道，这是什么逻辑？这是什么推理？那我在这个厂里工作，就只能打一辈子光棍，不能安家结婚了？你们就放心了？工厂就安全了？

厂里的人笑起来：咋会打一辈子光棍呢？咋不能安家结婚呢？本厂女职工多的是啊！要不要我们给你介绍一个？

唐绍先将桌子猛击一掌，桌上玻璃板被打得粉碎，手上流出的血溅得到处都是。他咬着牙狠狠说道：简直是荒唐之极！我的个人终身大事居然要由你们来操心！我就不信我和徐明莉结不成婚！

唐绍先到厂办、党办去过好几次，主要领导也去反映要求过，但他始终没能从厂里开到证明。科室里的主任、支部书记都找他谈过话，耐心开导，讲了不少事例，说明厂里的规定不是针对某一个人，希望他不要辜负厂里对他的真诚关心。

唐绍先的父母对这事感到既为难也挺遗憾。他们都很喜欢徐明莉，心目中早已把她当成儿媳妇来看待。对于厂里的规定，他们又觉得不便反对，前两年不是在说蒋介石要反攻大陆吗？唉，徐明莉这么好个姑娘，她的舅舅跑到哪里去不好，为啥跑到台湾去了呢？看到日渐消瘦沉默不语的儿子，他们不知道该说些什么，心里只有干着急。

徐明莉的父母自听到唐绍先开具证明被拒绝的消息后，悲愤屈辱的心情无法平复，同时对唐绍先深感歉疚，觉得是自己家里的原因误了他的终身大事。徐明莉每日以泪洗面，想到唐绍先对自己的痴爱和迷恋，喉头一阵阵发哽。哀叹自己有个远隔重洋千山的舅舅，因而让唐绍先备受两难。她的心如刀绞，痛不欲生。她想过放弃，觉得自己既然真心爱他，就不应让他受到任何桎梏。但她又不甘心，不知道这世上除了唐绍先，自己还会将心托付给谁。

拖了近一年，徐明莉突然听到唐绍先已被从科室里调配到车间去当工人的消息，这是厂里强硬态度的反映，是绝不妥协的信号。徐明莉绝望了，她想是自己毁了唐绍先的前程，也毁了自己和唐绍先的一生。还有什么活下去的意思呢？不能和唐绍先在一起，待在这世上又有什么意义呢？她关上房门，梳理好自己，在一本唐绍先送给她的书的扉页上写道：我走了，仍是你的。我学医，但我相信来世。写毕，将梁上的绳圈套入垂发下的香颈。

当天晚上，唐绍先割腕，被救。在家休息三天，听到厂里已对自己的行为发出通报批评，一阵狂笑，从此不再清醒。

我那时是初中生，上学放学的路上，常见他在宽巷子和井巷子之间走来走去。他发胖了，满脸堆肉，长发裹头，呆滞的目光不看任何人，嘴里絮絮叨叨的不停地说着话。他曾经是巷子里的骄傲，上清华大学，进军工单位，令我们这些学生娃垂涎不已。想不到他竟因个人婚姻问题而成精神病人，就此断送一切锦绣前程。

井巷子里原来那台高高的井架曾打死过一位妇人，这让我很长时间荒唐地联想到徐明莉也是被一台高高的井架给打死的。

井巷子，只有半截的一条巷子。北面是院落，南面是围墙。幽深而清静。

花开三朵话分两头

我刚上小学的时候，父母不再叫我乳名，说我的学名叫蓝炳元，是按蓝家辈分取的名，以后就是正式名称了。

这可乐坏了邻居郑大妈，非要我当她的干儿子不可。她有三个女儿，也凑巧是炳字辈，分别叫郑炳莲、郑炳蓉和郑炳芳。她想儿想得要命，见我是个炳字辈的男孩，以为是老天爷特别赐予她的，生拉活扯地与我家打上干亲家，把我收为干儿子，并让我改称她为郑干妈。

若干年后，我才对这种所谓"干亲家"的关系有了一些认识。干亲家其实是没有血缘关系或婚姻关系、将自己或对方的子女拜寄给对方而结成的一种表示亲近友好的且并无实际责任的关系。传统的子女拜干爹、干妈，或是因双方家长关系友好亲密，或是为了子女的前程找个福星似的长辈相拜，又或是长辈喜欢上某个年龄属相方位等符合心意的小辈。这样的打干亲家，是那个年代常见的民风习俗。

读书有了正式姓名，这让我感到十分新鲜。但我妈叫我蓝炳元，郑干妈则坚持叫我郑炳元，弄得我有段时间糊里糊涂的，竟搞不明白我究竟是姓蓝还是姓郑了。

郑干妈老家在大邑灌口，原有良田若干，后举家上成都做杂货生意。郑大伯去世较早，郑干妈便一手带大三个千金，好在有些积蓄，日子也还过得马马虎虎。

她的三个女儿我分别称为大姐二姐三姐。大姐郑炳莲已出嫁，夫君是个铁路局当官的，她很少回家，印象中她烫个大鬈发，描眉涂唇，一身珠光宝气，颇有贵夫人派头。

二姐郑炳蓉在上高中，齐耳短发，素衣洁装，肩挎书包，迎着晨曦去学校，伴着晚霞回家，晚饭后坐在家门口趁着月色给我讲故事。她的笑声清脆爽朗，一双大眼柔和迷人，一口洁白的牙齿十分好看。她爱照相，会摆各种姿势，那时只有黑白照片，她取回后自己涂色，我看了后感到二姐真是个大美人。

三姐郑炳芳在大邑老家生活了一段时间，直到十五岁时才上成都，满口大邑土话。但三姐长得秀秀气气，性格温和，平时不言不语，一天到晚都是一副羞涩相，让我觉得三姐也是很可亲的一个人。

当然是二姐和我接触的时间最多，她要帮我看作业，改错字，还时常念连环画讲故事给我听。遇到街坊上大娃娃欺负我，二姐会立马站出来为我打抱不平。街坊邻居中有个大哥叫王金兆，就是搭着我飙自行车在井巷子井边摔得头破血流的那位仁兄，其人仪表堂堂，穿着颇为讲究，在巷子里十分引人注目。他已参加工作，经常带着女娃子到他家玩。有段时间他狂热追求二姐，送这送那，希望二姐能和他耍朋友。但二姐并不喜欢他，私下说他是绣花枕头，纨绔子弟之流，说这种人根本不值得信任和依靠。

二姐高中毕业后即进入一家工厂工作，不久即与同厂的职工陈德培结婚。陈德培是厂里的技术能手，还拉得一手优雅的小提琴，模样也很伸展，二姐甚是满意，婚后也将郑干妈接到厂里去居住。这让我失落了好一阵子，好在逢年过节，母亲会带着我去她家玩，二姐爽朗的笑声和郑干妈的盛情款待，总会给我留下美好的回忆。

大姐郑炳莲这时却离了婚，带着四岁的女儿回到宽巷子与三姐郑炳芳同住。她有一个离婚前认识并私下相处了一年多的男友在外地，大姐想到他那里去，那人说要跟他在一起可以，但不能带小孩。大姐左右为难，便去找二姐商量。二姐坚决不同意大姐去，说那种男人不可靠，怎么可能丢下亲生孩子去和他生活在一起？大姐是个风流场中之人，听不进二姐劝告，执意要去，并打算将女儿托付给二姐帮忙照看。

当时二姐已有身孕，对大姐明确讲道：我马上就要生小孩了，你的女既要我带，我就要像我亲生的那样来对待，那就是我的女而不是你的女了。大姐想潇洒自在，也没过多考虑，便满口答应了下来。于是二姐就此将女孩改名为陈小菊收养在自己身边。

不久二姐生出一对双胞胎，都是男孩，二姐和她丈夫高兴得不得了，特别是二姐，又有女又有儿，丈夫又体贴人，觉得生活简直是再完美无缺不过了。在尽心呵护两个儿子的同时，对陈小菊也是视如己出，关爱有加。

六年之后，大姐和二姐之间爆发了一场争夺陈小菊养护权的家庭纠纷。大姐从外地再次回到宽巷子，红颜不再，徐娘半老，只身一人，孤苦难熬。她到二姐处准备要回自己的女儿，打算和亲生孩子在一起相依为命，以后自己老了也有个依靠。

此时陈小菊正在二姐厂里子弟校读小学四年级，长得很乖巧，像个洋娃娃。她已完全和二姐家的所有成员融为一体，称二姐为妈，称陈德培为爸，平时和两个弟弟嬉闹玩耍毫无芥蒂。

二姐当然不同意归还陈小菊，说以前讲好了的，陈小菊进了自家的门就是陈家的人，既是陈家的人，怎么会让你领起走呢？这是绝不可能的事情。

大姐理直气壮地嚷道：陈小菊是谁生的？难道是你郑炳蓉生的？我生的娃娃我要回去天经地义，凭什么我不能领她走出这个家门？

　　二姐说：娃娃是你郑炳莲生的，这是事实。你不想养这个娃娃，也是事实。你如真把陈小菊领回去，她会跟着你倒一辈子霉。她在我这里，我一直当成亲生女来看待，我养她管她，至少比你这个亲生母亲要好十倍百倍！

　　大姐指责道：你不要出口伤人！你凭什么说你带我的女会比我带要好十倍百倍？我带她到四岁难道不是带得好好的？请你帮下姐的忙，这才将我的女照看了几年时间，咋个我的女就变成你的女了呢？郑干妈这时大声骂道：郑炳莲，你不要不识好歹！不说你对你自己的娃娃不负责任，你对我这个当妈的也不负责任。你在外头晃，有家不珍惜，丢下四岁的细娃娃给二女子，二女子马上就有自己的娃儿了，收下陈小菊，你以为是同情你这个死女子么？二女子是同情陈小菊！陈小菊是有爹没爹，有妈没妈。陈小菊是我孙女，二女子不收，我这个老妈子也要收！收了就不得再给你！你给我走！我不想再看到你！

　　大姐自知先前自己的行为确实有些荒唐，开初将女儿交郑炳蓉帮助看护一下的确是权宜之计，当时认为女儿是自己所生，所托付者不是外人而是自己亲姊妹，以为将来什么时候领回女儿都是轻而易举的一件事情。如今生米煮成熟饭，连老母亲也反感厌烦自己，看着女儿在妹妹家确实也过得自在快活，穿戴得干净得体，也就忍下一口气，从此不再提起这事了。

　　又过了两年，三姐郑炳芳要成家了，大姐好像又找到新的相好，再次离开宽巷子，将房子让给三姐一人居住。这次离去后，我就再也没有听到她的音信了。

　　三姐虽说成家了，但习性仍如以往，说话轻言细语，做事拖泥带水。她的丈夫是邮电局搞外线工作的技术员，戴副旋涡子眼镜，常年在外，逢年过节才回家住上十天半月。三姐有了小孩后，曾有很长一段时间待在家带孩子，但她不能干，做出的饭菜小孩不喜欢吃，还经常拉肚子。三姐在家时间长了心里也烦，便将小孩请离家不远处的一位婆婆照看，小孩伙食和婆婆工资一月九块钱，自己则出去打零工。

当时正值 20 世纪 60 年代初工业下马，实行调整巩固时期，大量一线工人被纷纷辞退，特别以基建行业为主，巷子里失业人员不少，要在社会上找个最粗笨的工作也十分艰难。经人介绍，三姐去东门外一家弹簧加工厂上班，说是厂，其实只有七八个人。刘老板是个跛子，见三姐长得标致，文文静静的，胸口特别饱满，便一口答应下来。三姐一早出门，步行到厂需一个半小时，每天回到家天已黑尽，很是辛苦。

一个多月后，刘跛子提了袋水果来宽巷子登门看望三姐，对三姐的困难大表同情，许诺要将三姐的工资从每月二十六元提到二十九元。这让三姐十分高兴，感激不已。

自此以后，刘老板成了三姐家的常客，巷子里昏黄的路灯下，不时游弋着一个跛子的身影。我那时刚上初中，对这些事似懂非懂，只觉得三姐太单纯太愚蠢，那个刘跛子太狡猾太可恨。街坊邻居的婆婆大娘们当然免不了私下里议论纷纷，但却仅仅是议论纷纷而已，不是自己家里人的事，又无确凿证据，所以始终无人出面来指责这一男一女。

快半年了，三姐的肚子渐渐大了起来，纸再也包不住火了，终于听到风声的二姐带着她丈夫陈德培赶了过来，将刘跛子和三姐堵了个正着。陈德培一个左右开弓给刘跛子扇了过去，顿时让刘跛子的鼻血喷了出来。二姐抓住三姐就是一顿暴打，一边流泪一边狂呼道：你好蠢！你好蠢！你怎么能干出这样的事！你要气死我了！我要打死你这个死女子！

三姐羞愧不已，趴在地上痛哭欲绝。刘跛子在一旁还不停地申辩，不是我搞大的，我保证不是我搞大的。

二姐一口痰喷了过去：呸！不是你是谁？她丈夫在外地八个月没回来过，不是你还可能是谁？

陈德培此时又飞起一脚踢向刘跛子的裆里，刘跛子惨叫一声跪倒在地。这时看热闹的人围了好几层，一边喝彩一边吼叫道：把卵米子给他废了！把鸡儿给他割了！刘跛子惊恐不已，不断告饶，并答应拿出两百元来作为赔偿。

几天后，二姐又叫三姐的丈夫从外地赶回来，对他讲：我的妹是个没长脑筋的人，这次和别的男人偷情，是上了那个狗男人的当。我妹在家给你带娃娃，你钱没拿几个回来，几个月又不写封信回家，也有点责任。我的妹肯定是个好女人，你这个曰夫子怕以后找不到这样的人。这次你就把她和娃娃一齐带起走，再远再苦你们一家人也待在一起。至于肚子里的孽种，不能要。要娃娃，你们以后自然会有的。三姐伏在二姐身上放声痛哭，她的丈夫在一旁不断默默点头表示同意。

继大姐离开宽巷子以后，三姐也就此离开了这里。我有时免不了会想起她们，心里有些惆怅和难受，不知道她们的生活是否过得好了一些。虽说二姐也是离开了宽巷子，但一年半载还会去她家见见面，有她爽朗的笑声和简洁明快的话语在耳边回响，所以我总觉得她仍还和我生活在这条巷子里。

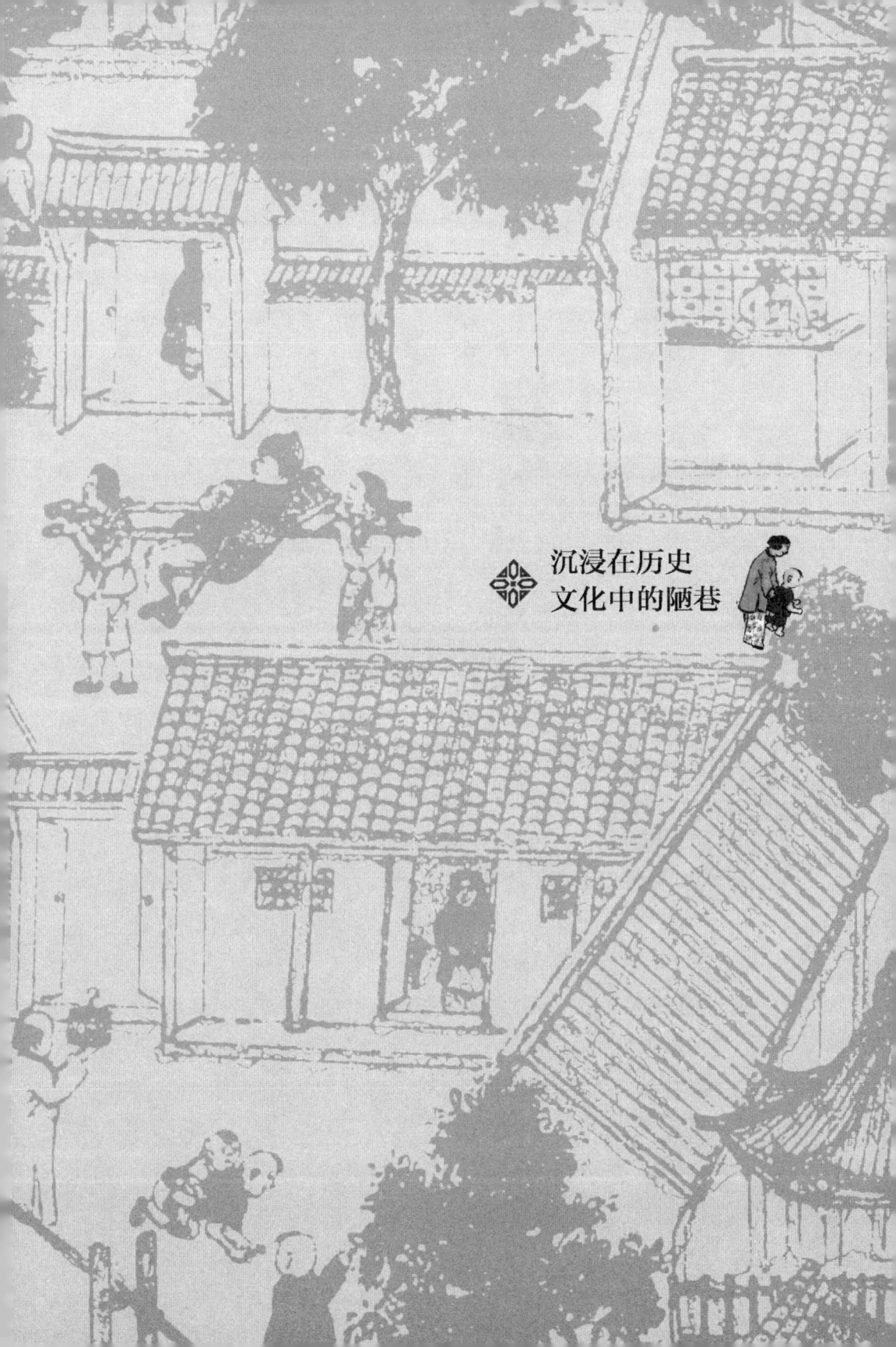

沉浸在历史
文化中的陋巷

文脉潺潺留余音

巷子里还有另一种人的日常生活是鲜为世人所知的。许多学者、书画家、讲师都被少城这一带浓郁的文气和静穆的环境所吸引，纷纷踏进这里大街小巷的深宅大院，或建或购或租，然后虚闭大门潜心研究学问，精心创作作品。这些人虽不自恃清高，但与友邻却绝少往来，逢人虽仁厚有礼，但却惜语讷言。所以巷子里的其他民众十天半月也难以在街巷里见到这些人一面，不少知名人士多年后也才为世人所知晓，他们曾经做过的能载入史册的事情和现在争相珍藏的优秀作品如今已大白于天下，人们这才发现这些旷世逸才就曾经生活在我们的身旁。如于右任、余中英、谢无量、杜柴扉、赵蕴玉这类大家，还有在成都建起与荣宝斋、朵云轩、杨柳青齐名的诗婢家之首创者郑伯英，眼下其画作受到热烈乃至于疯狂追捧的陈子庄等等。

于右任的家就在与宽巷子平行的四道街上，他的家人购菜常到宽巷子巷口的菜市场转悠。1949 年底，于右任被裹挟到台湾，其结发妻子和儿子却仍留在成都少城老家，从此天各一方。他在晚年所写的《国殇》一诗，既是对大陆的怀念，也是对家乡的思念：

葬我于高山之上兮，
望我故乡；
故乡不可见兮，
永不能忘。

葬我于高山之上兮，
望我大陆；
大陆不可见兮，
只有痛哭。

天苍苍，
野茫茫；
山之上，
国有殇。

书画狂人陈子庄的家在仁厚街上，他是宽巷子巷口宽泉茶铺里的常客，每次落座必然大声吼起：三花！整酽点儿！此人早年习武，曾于民国二十六年（1937）当兵时参加打擂，将军部教官打得趴在地上不起，深受军长王瓒绪的赞赏。王瓒绪后率部起义，陈子庄解甲为民，新中国成立后虽有一份工作，然生活十分拮据。他是中年以后才潜心研究书画的。他的绘画技法和理念与固有传统大相径庭，而是取法于民间，坚持对传统绘画的技法予以改造，形成自己独特的"在野"义人的绘画特色。他认为"最好的东西都是平淡天真的"，"我追求简淡孤洁的风貌，孤是独特，洁是皓月之无尘"。他还直言不讳地批评徐悲鸿：他的马画得过熟，都是那一匹，画穷了。狂妄自诩："我死之后，我的画定会光辉灿烂，那是不成问题的。"1973年，一个

116

日本客人慕名登门求画，陈子庄对弟子说："让他走！我不见日本人。我在永川的'兰园'被日本飞机炸得稀烂，一些人腿还挂在树枝上。他们休想得到我的画！"

这一时期住在宽巷子里的曾有同盟会元老，著名学者李植，著名学者韩文畦、郭君恕，"万能教授"张圣奘以及声誉九州的著名画家张采芹。

张圣奘家在宽巷子 23 号一座不算大的独院里，一间堂屋，两大间厢房，厢房内隔成几间住房，有一小庭院，杂乱种着一些花木。张圣奘一生颇具传奇色彩，其人精通九国语言，获得牛津、哈佛等名校三个博士学位，回国后同时任教五所大学，被称为"万能教授"。他与孙中山、李大钊、毛泽东、周恩来、邓小平、蒋介石、张学良等历史人物都有过交往，这些都是有史料记载的。他还称与希特勒和墨索里尼见过面，亲吻过英国女王伊丽莎白的手。但这些无据可考，听者也就一笑了之。抗战期间，蒋介石对他研究《易经》和风水的事情早有所闻，着张圣奘和马寅初二人同时讲课。马寅初讲经济学时，要求四大家族缴纳资本税，这便激怒了蒋介石，竟找借口将马寅初关押了一段时间。张圣奘因为是讲《易经》，没有多少敏感话题，所以才幸免于难。在国共两党重庆谈判时，张圣奘在八路军办事处周恩来办公室见到了毛泽东，他深深佩服毛的胸怀及诗作。1964 年毛泽东诗词三十七首公开发表，张圣奘在宽巷子寓居中竟一气和了一百八十五首，分别装成甲乙两卷。"文革"中他被抄家，这两卷诗词作品中的甲卷，几经曲折居然转送到毛泽东的书案上。1972 年，毛泽东在会见章士钊时说："张圣奘为我和了那么多诗词，我都看完了，真是难为他了，还是完璧归赵吧！"后由章士钊女儿章含之途经成都时，将此卷还给了张圣奘。

张圣奘在宽巷子曾经闹出过笑话。20 世纪 60 年代初，粮食紧俏，食品价昂，反而文物字画古籍之类甚贱。张圣奘家虽堆满了古今中外的书籍，有些还是珍本，但不值钱。那时有关方面给张圣奘配发有"高级馒头"，所谓高级，就是我们现在吃的白面馒头，而那个时期，一般市民吃的是麸面馒头。张圣奘缺钱用，便将高级馒头切成片，油炸后悄悄兜售于市，也不敢在宽巷子卖，跑到青羊宫去卖，竟被熟人认出，传言讥语甚广，弄得他很长一段时间不好意思跨出大门一步。

他家对面24号院内当时是公共食堂，我打饭时听到这个笑话曾钻进他家院内看稀奇，院内草木枯萎，杂物堆在屋檐下，一幅虫声粘户网，雨痕印窗尘的破败景象。我待了好一会儿也不见个人影，只好兴趣索然地退了出来。

张圣奘于1992年倒在他书桌旁那张红木椅子上辞世，终年89岁。

张采芹先生的境遇比张圣奘就要好出许多，张先生曾于1934年至1945年在宽巷子35号院内居住，并在这里创作出了不少画作，还大力开展了有益的文化抗日活动，留下了许多感人肺腑的故事。

这是一座典型的两进一庭大院，大门两侧绛色门墙，大门门槛很厚很高，可以拆卸。一进大门便是第一进院房，分东西两厢，各有环形甬道，每厢各有大小四个房间。第一进院房与第二进之间是一处天井庭院，栽有几棵槐树，地面是青石板，无花草，显得很洁净。第二进院房中间是个大厅，摆放着中式直背靠椅和高茶几。第二进院房也有环形甬道，可通各个房间。

1954年我开始读小学时，班上有个曾姓同学的家就在这座大院里，她父亲是个建筑工人。大院里住着十来家居民，甬道上堆放着杂物，大厅里摆满了锅灶，天井里的树被砍去，建起几座简陋的砖墙屋，整个大院让人感到十分拥挤和压抑。

张采芹先生1925年从上海美术专科学校毕业后，曾任成都师范大学、四川大学等院校美术系教授，一生致力于中国画的研习与传授。抗日战争爆发后，大批文学艺术家撤退到四川，成都一时成为文化艺术中心和美术界高手云集之地，傅抱石、徐悲鸿、吴作人、张善孖、张大千等名家，很自然成为他家的座上宾和宽巷子里的常客。张采芹先生克服了各种困难，为来自全国各地的艺术家安排生活，筹划展览，运用美术这一独特方式弘扬民族精神，积极宣传全民抗战。

张采芹先生是巴蜀画派的领军人物之一，享有画坛"三张"（张善孖、张大千、张采芹）之美誉，创作出了许多优秀作品，其中不少作品由各地美术馆和外国名流收藏。新中国成立后，他又将自己在战乱中保存下来的一大批珍贵画卷捐献给了国家，其艺术造诣令人折服，其高风亮节令人钦佩。而今，在先生的故居门前，冯晚榆先生撰书的《采芹故居赋》则将人们的此种心情，淋漓尽致地表达了出来：

> 锦城宽巷，采芹故居。比邻青羊，牵手少城，沁琴台之芳韵，抱锦水之清芬。石墙青瓦，适烹茗而吟咏；闲庭静院，宜展素而丹青。夜月樽前，鸿儒谈笑之际，朝霞江畔，写绘浓郁之辰。忽然狼烟骤起，三省沉沦，倭寇东侵，人神共愤。中央机关，随局势移巴蜀；八方才俊，浴硝烟聚蓉城。风雨联床，车耀先来陋巷；霜露横窗，张善孖访先生；奔忙画展，援手悲鸿北上；筹措资费，襄助大千西行。扶危困，济同仁，厨下炊烟不断，座上客饭常新。覆巢惊鸟，觅得一枝栖息；僻巷穷庐，聚首九州精英：傅抱石、谢无量、潘天寿、吴作人……国破家亡，离人更多离恨；更残漏尽，悲情尽化友情。立宗旨，树雄心，扬绘事，振国魂。奋起救亡，力挽民族艺术；成立美协，宣传抗日战争。唐风宋韵，继承传统精粹；夏雨秋云，探讨现实人生。海纳百川，形成巴蜀画派；从教半纪，植出桃李成荫。嗟乎，先生誉

满艺坛，萧萧竹影；心忧天下，落落平生。虽居陋巷，夙志干云。斯人已去，风范犹存，后来画人，当传德馨。嗟乎，沧桑几易，春满蓉城，而今故里，焕然一新。画栋雕梁，恢复传统旧貌，调丝弄竹，奏出时代新声。花重锦官，故里一枝独秀；名垂蜀水，先生百世犹荣。往事联翩，意念难尽；情怀缱绻，余韵欣成：

锦城丝管日纷纷，故里风光更绝伦。

丹青绘出新图卷，史笔犹怀旧画人。

张采芹故居外的《采芹故居赋》　2015 年　颜佳翀摄影

记忆中的青羊宫花会

宽巷子地处西城城门附近，这一带正是成都历史文化遗迹较为集中的地方，如浣花溪、杜甫草堂、青羊宫、百花潭、文君故里、蜀王陵、少城公园以及现在的四川省博物馆、送仙桥古玩市场等。这些名胜古迹既是这座城市悠久的历史文化遗存，也是地方性知识的一种显性文化，还是社会风俗、思维习惯、道德传统和价值取向等有关联的隐性文化，具有浓郁的地域色彩。不管人们是否清楚地意识到这一点，地方文化所孕育的个体因其特有的地域特质而使它有别于另一地域文化所塑造的个体。历史文化遗存越多，这种地方性文化色彩就越浓厚，生活在这样环境里所获取到的地方文化的滋养也就越丰富。

在 20 世纪 50 年代，西门周边的许多景物庙观都还有所保存，这些地方离宽巷子只有咫尺之遥，我小时到这些地方游玩，就像到隔壁大院里找小伙伴玩要一样十分方便。当然去的次数最多的应数青羊宫花会。

据说青羊宫花会的历史可追溯到唐宋，根据传统习惯，人们把农历二月十五日定为百花生日，届时开办花会，历时半月之久。以前的花会场地是现文化公园处一大片空地与青羊宫庙观及二仙庵连在一起做花会会场，那一大片空地是由荒地、乱坟包和杂木林构成，当初并无任何建筑物，人们也是将赶花会与赶庙会连在一起来享受春天来临的大好时光。青羊宫和花会截然分开已是后来的事情，花会场地逐渐培育成树木葱茏亭台楼阁齐备的文化公园，只将二仙庵包括了进去，青羊宫则高筑围墙自成一统，似乎在表明神界与凡间的种种不同之处。

从家里出发，经同仁路口上金花桥，穿过通惠门城墙缺口处，就算进入花会展区区域了。那条自将军碾、三洞桥下来的河水从花会大门前流过，昔日的西郊河河水十分丰富，河中舟船往来众多。正是阳春季节，河两岸人潮涌动，不少人会图新鲜搭上木船，坐上鸡公车或小马车风光一番。岸边五彩风车车、嫩棕叶编的青蛙、麦秆做的叫咕咕笼子以及蟋蟀筒拨浪鼓等摆在地上大声叫卖。倒糖饼划甘蔗卖蒸蒸糕车棉花糖的也散见其中。看相的算命的挑痣治鸡眼的拔牙掏耳朵的各路江湖神仙更是在此处一展身手。

稍微宽敞的地方，好几个卖狗皮膏药的在扯场子，卖药人赤裸上身，下扎一条反扫荡灯笼裤，两手不断拍打着肚腹丹田部位高声道：各位请了！本人来自风儿洞，风儿洞在哪里？在狗儿洞上边猫儿洞下边耗儿洞侧边。嘿呵，有人问了，你带来的药可以保童子身、壮青春体、还老朽阳？说对了，本人到此就是要献上这个宝。此宝叫太乙真丹丸，能行十二条经络、除五脏六腑疾病、活血化瘀疏肝理气，止男子遗精阳痿女子崩漏血亏，是有病治病无病强身，五分钱一包，买一包送一包，吃不完的还可做发糕……

这种行迹天涯的人我见过不少，他们能说会道，有点小本事，提劲打靶的言辞中，不乏幽默和自谑，目的是吸引观众，兜售物品。围观的人基本上是看热闹，图乐子，见他拿出药包准备要卖了，一阵哄笑散去，而新到的人群总是会不断地再次迅速围聚在那里看稀奇。

进入花会大门迎面就是用各色鲜花搭扎的巨大花屏，左右两条路径上人们擦肩接踵只能缓慢前行。沿途小径两边摆满销售花种和土木灰肥料的小摊。到了花展区，木架石台泥土墩上摆放着盆盆罐罐，里面栽着玉兰水仙地洋菊红乌桕仙客来天竺葵等花草，各种花卉争奇斗艳，十分好看。地里则有一垄一垄的万年青黄秧白紫丁香凤仙花，再过去是摆放着姿态万千的盆景的长廊。

蹚过一大片花园苗圃，来到一宽阔地带，数个用楠竹和围席搭建的棚子里传来阵阵锣鼓声和叫好声，这里集中了当时民间最流行的文艺演出，皮影戏笼子戏相声双簧杂技魔术金钱板莲花闹等应有尽有，吸引了不少人驻足观看。曾小昆、曾炳昆两父子的相声，金剑峰先生的魔术，王永梭先生的谐剧最受欢迎。邹忠新先生是个大舌头，说话口齿不清，但他的金钱板打得好唱得也好，一句"老虎身长一丈二，尾巴好像香香棍"让不少大人娃娃鼻涕也笑出来了。

靠近青羊宫道观处的田地上，花会期间设为综合展区，用棚席搭建的简易展览馆，内容有工业、农业、畜牧农林、食品加工、丝绸纺织和公安消防等展览，也是人山人海，特别是公安和农业展览馆最受欢迎，时常排起长队。那时工业展览馆里没有多少吸引人的内容，门可罗雀，冷冷清清。

人们走累了看累了，正好到达二仙庵和楠木林处的饮食区，凉面荞面铜锅面凉粉苕粉酸辣粉卤肉锅盔叶儿粑糖油果子三大炮夫妻肺片赖汤圆麻婆豆腐马红苕，东一摊西一店，你挤我拥，人满为患。

那时的花会，简直就是人间乐园。现在去游览现代化的充满时尚高雅格调的会展中心，虽有令人炫目的豪车高档的家具华丽的服饰精美的糕点和已然突破三点式的裸模表演，但总感这些东西由于没有接地气，因而少了许多亲切和亲近。

花会期间，旁边的青羊宫里香火旺得很，磕头作揖求谶许愿的人一浪又一浪连绵不断。我听父亲讲青羊宫八卦亭上有四伯父的姓名，很好奇，便在游花会时专门去青羊宫观看过。那时八卦亭回廊上方的横梁处悬挂有数块功德匾，上面恭恭敬敬刻着捐款人的姓名，我在右边第二个匾上找到了四伯父的名字，当时感到很兴奋。当然现在已看不到那些东西了，时光在不断流逝，所有曾经的存在都会消失，只不过时间早迟而已。

儿时并不了解青羊宫，如道教并非老子所创，道家与道教最初也没有必然的联系，青羊宫也不是因先有青羊才建宫等等。也很惭愧年轻时不懂装懂说老子是道教鼻祖且常将"道可道，非常道"这类话挂在嘴边来装深沉。

《蜀王本纪》称：老子为函谷关令尹喜著《道德经》，临别曰："子行道千日后，于成都青羊肆寻吾。"其实老子著书之时，成都还没有青羊莅世，这种说法与王浮虚构老子化仙的故事，其实皆为假托之词。

道教为东汉末年张陵在大邑鹤鸣山所创，初为五斗米教。张陵孙张鲁为三国时据蜀之一侯，史载"陵死，子衡行其道。衡死，鲁复行之"。张鲁主张不置长吏，皆以酒祭为治，并立义舍，免费供路人量腹取食。张氏之奉，为原始大同之意。

至唐时，天子尊同姓老子李耳为李氏始祖，奉为玄元皇帝，示各地建道观立玄元庙，成都始有紫极宫，后叫玄中观。唐僖宗入蜀布诏改称青羊宫，遂大兴土木，顿成巨观。因更名与《蜀王本纪》所传附会，道教与道家始被外界混为一体。

青羊宫的重点建筑是三清殿和八卦亭。三清殿内供奉的是玉清元始天尊、上清灵宝天尊、太清道德天尊。大殿两边还塑有广成子、赤精子、黄龙真人等十二仙。殿内左陈重约三千公斤的"幽冥钟"，右配一应鼓，遥想晨钟暮鼓，必是幽远清寂。记得小时候见到的铜羊也是设在殿内，现在见到的是置放在殿外廊檐下。两只青羊都是黄铜铸成，左侧为清代大学士张鹏翮所捐赠独角铜羊，羊须、牛鼻、鸡眼、鼠耳、龙角、猴头、兔背、蛇尾，很是奇特。右侧的双角青羊是道光年间道教信徒张氏所赠。民间传说抚摸青羊能得福祛灾，女人亦可求子生男，所以青羊全身锃亮无斑，尤其头腹部，光鉴可人。

八卦亭是青羊宫标志性建筑。共三层，亭座台基呈四方形，上两层为八角形，亭身呈圆形，象征天圆地方之说。两重飞檐鸱吻，四周有龟纹隔门和云花镂窗，南向是十二属相太极图浮雕，狮、象、虎、豹等兽物镶嵌在雄峙的翘角上，屋顶莲花瓣衬托着琉璃葫芦宝鼎。殿外十六根双排擎檐石柱由巨石凿成。外檐石柱八根为浮雕镂空滚龙抱柱，气势磅礴，栩栩如生，其中一条龙腰身有一陷窝，形如拳头印，疑为雕刻时失误所为，但传说此条龙轻浮气盛，意欲腾云而去外界潇洒自由，被老子一拳打得服服帖帖，其余诸龙见状，也就不敢造次，从而专心致志做好守护八卦亭之职了。

或许是道教早就占据了西门这一方沃土，因而佛教殿堂在这一带绝无踪影。宽巷子街口曾经存在过若干年的严遵观也属道观，似乎和青羊宫在相互呼应，反复向庶民传达着天人合一、无为而治的理念，这让生活于少城中的人们潜移默化地消受着自在无为的思想，无论日子如何艰辛或富足，始终都以一种淡然的心态来对待漫长的岁月。

城墙根下的坝坝电影

　　童年时期，当街头巷尾的民谣已慢慢失去吸引力，看洋画晒感光纸也了无兴趣之后，令人心情激动不已的就是能看上一场电影了，所以同仁路城墙根下的坝坝电影是至今抹之不去的最为美好的记忆之一。

　　我上小学的途中必然要经过同仁路。同仁路过去的名字是叫西城根街。西城根街这个老名很土，但说明问题，它与西门很长一段古城墙平行紧靠相互依偎，北京人称紧靠城墙的街巷为城墙根儿，我估计西城根街也是清末时满人根据这个习惯来取的这个街名。西城根街属于少城范围，也驻扎着旗兵。清王朝一垮台，这些昔日里养尊处优百事无能的旗人生活顿时没有了着落。民国初期地方政府拿出一笔钱在这条街上设立了一个工厂，以一视同仁之意取名"同仁厂"，专门解决这批没落子弟的就业问题，西城根街便顺势更名为同仁路了。

　　那时同仁路街边的平房十分破旧低矮，从屋脊上望去能看到城墙上的黄土和荒草。小时候贪玩，往往放学回家不走同仁路，而是攀上城墙，顺着残破的城墙，踏着杂乱无章的草丛，优哉游哉地走到宽巷子路口，再梭下城墙回家去。

同仁厂在新中国成立后变成层板厂，职工有三四百人。但工厂龟缩在城墙下一条狭长的地带上，后来生产规模扩大了却苦于原地没法修建厂房，于是在城墙根下东寻一块地，西并几座房来解决问题。在我上学的那个城墙缺口处旁则建起一个职工俱乐部，有几排竹架大棚屋，设有食堂、澡堂和小卖部。除此以外，还平整出一个土坝作为职工体育活动场所，并十天半月在这里放映一场露天电影。

人们将这种露天电影称为坝坝电影，是当时最高档的精神文化享受。每次放电影都是人山人海，热闹非凡。人们不管片子好孬，不计路途远近，不论吹风下雨，那是无论如何也不会放过机会去观看的。有时还扯过地皮风，没有电影，风闻有电影，兴致勃勃地赶来，苦苦地等待许久也不愿离去，每个人都像是坝坝电影的痴情的情人。

现在回想起来，看坝坝电影其实是熬受各种苦痛的一件事情。首先你得赶早去占据好一点儿的位置，稍去晚一点儿要么坐在后面只看得见银幕的局部和挡在你前面的若干个人头，要么坐在最前面的银幕下一直仰起头来看，虽然没有人挡得住你的视线了，但会让你看得来头昏脑涨脖颈发麻双眼发花。还有不少人连这样的位置也找不到，只好站在银幕的背面看，那光线是模糊的，人影的动作全都左手左脚极不协调，很是别扭。

其次是电影放映后，不断拥入场内的观众越来越多，外围的人向内侧挤，后面的人朝前面挤，越挤越紧，越紧就越挤，一直波及最中间坐着看的人。常常出现被挤得来支持不住了，一团人倒下去压在另一团人的身上，坝子里就会出现各种声音的交响曲，人们之间的警告声谩骂声道歉声劝解声和电影里的音乐声对白声刀枪声马铃声声声不绝于耳。好不容易等这些声音平静下来时，又会从坝子中部传出怪异的流体声和惊恐的责备声：呀呀呀你屙尿就屙尿怎么将我的裤子尿湿了！接着附近就会响起一阵狂笑声。几个内急的人不是不讲卫生，而是无法讲卫生，他们是无法离开原地因而做出的如此无奈之举。

此外看坝坝电影还经常有"假精灵"在不断发出杂音：哎呀哎呀坏蛋来了就在你屁股后头！啊哟哟这几匹马才可以呢，驮那么重，要是我的话肯定腰杆早就被压垮了。你看你看别人阿玛好漂亮，你姐算什么？照片丢在大街上都没人捡！初听这些杂音你还觉得有趣可笑，杂音常在你耳边泛起，你就会感到十分讨厌甚而会十分愤怒了。

坝坝电影片子断片，或换片时换错了，音箱线被绊断了，声音走调，发出放屁一般的下滑音等这些情况是家常便饭。最痛苦的莫过于出现烧片，银幕上会反映出胶片迅速收缩的过程，电影也戛然而止，这时全场会同仇敌忾发出相同的责备声。放映员满头大汗，手忙脚乱费上五六分钟，电影才会得以重新开始。

电影完了，精彩美妙动人好看的坝坝电影完了，人们潮水般地散去，坝子里却一遍狼藉，无数块砖头和好几只对不上号的鞋子像阴阳先生打卦似的零乱地散落一地，还有几摊像狂草书体似的人尿。

虽说坝坝电影有许多令人遗憾之处，但它当时赐予人们的欢乐却是无穷无尽的。后来在井巷子路口对面有个部队摩托连，紧靠城墙开辟出个训练基地，也是十天半月要放一次电影。但因是部队重地，并不让老百姓进去看，每逢放电影就将营房大门紧闭，还设专人守卫。部队里放的电影是什么电影啊？全是八一电影厂出的片子，全是打仗的！能不看吗！？

但问题是能不能进去。那时部队营房有门卫，虽然并不显得森严，但老百姓是绝不会上去打麻烦干扰部队秩序的。可现在是在放露天电影，露天电影是再吸引人不过的玩意儿，谁又愿轻易放过呢？于是无数的人慢慢围住大门，开初小心翼翼推搡着大门，央求门内的解放军打开大门，后来便用起哄的方式用力推拉大门，反正人多，解放军如要抓起哄者，也一时辨不出谁才是主要在犯难的人。

大门一时半会儿挤不开，难不倒我们这些小娃娃，我们早已像游击队员一样，从稍远处爬上城墙，趁着夜色，匍匐向摩托连靠近。潜伏到营房后的墙体处，再顺着裂缝小心地爬下去，梭到离放电影还有些距离的草地上后，就趴在地上一动也不动，远远地看着银幕上晃动的影子，连声音听起来都是模糊的。这时又害怕被解放军发现，像抓坏蛋一样把我们关起来，所以提心吊胆，随时防着有人走向我们潜藏着的地方，那种紧张的样子，比电影中打仗的人还厉害。但即使是这样，我们也是感到愉快无比的，因为我们看到了电影！

大门外的人群功夫也没白费，他们终于挤开大门冲进场内。这时看电影的解放军立即全都站立起来，分队迅速回到各自的营房里。电影还在继续放映，但看电影的则全都是老百姓了。我们此时也欢呼雀跃着奔向放映点，正儿八经地坐下来，自由自在开开心心地欣赏着奇异美妙的坝坝电影。

后来，摩托连放电影不再关闭大门，在允许周围的群众进场观看的同时，解放军加强了对营房和摩托车库的警戒，看电影的解放军坐在靠营房一侧，另一侧让给进场的老百姓，如此一来相安无事，军民同乐，让我们宽窄巷子一带的娃娃幸福愉快了好几个年头，直到摩托连换驻防地，原址变成车队仓库，不再放映露天电影为止。

但渴求文化滋养的心情总会找到开启的路子，我们一拨小孩又发现了新大陆，郊外罗家碾有个测绘队，花牌坊有个供给站，都偶尔会放场电影，虽然有点儿远，但绝不会阻止我们前去观看。在罗家碾看完电影返回时，要摸黑走很长一段田坎路，以致我有一次跌倒在水田里，浑身湿透，哈哈大笑着爬起来，兴高采烈走回家去。

三座仙桥之存没

　　仔细想想，一个地方的历史文化与此地方的地形地貌的确有着不可分割的联系。西门一带因河流密布，故桥梁众多，而每座桥都必然有一段故事。故事也是历史文化的组成部分，听点儿故事，是了解历史文化的简捷路径。小时候不仅常常听说关于西门外三座仙桥的故事，而且常从这三座仙桥上走过，这让我幼小的心灵中早早就烙下了对神的崇拜和敬畏之情。虽然随着年龄的增长，这种迷惘的意识逐渐淡化，但那些已经远逝的场景仍深深镌刻在脑海里，至今还十分鲜明。

　　这三座仙桥是指原青羊横街上跨锦江南河之望仙桥；青羊正街东头跨西郊河之迎仙桥；青羊上街西头跨摸底河之送仙桥。这三座仙桥相互成犄角之形，著名道观青羊宫正处在这犄角之中。现在好多人因未见过这些桥，方位都搞不清，肯定会发蒙。不用着急，我在这里借用时髦的现代场景来简要再现这三座桥之间的关系，你们听后自会明白。

　　话说每年农历二月十五是太上老君李耳的生日，届时必办庙会花

送仙桥　1996 年　李家熙摄影

会，老子还要在青羊宫内举行盛大的派对活动，各方神仙都会前来相聚。神仙们参加这类活动司空见惯，不会激动得失眠。但凡间的神迷仙迷们却亢奋得紧，提前若干天便以助威团粉丝群的名义纷纷通过微博或QQ相互约定并齐聚于锦江南河望仙桥上，手舞荧光棒口呼偶像名望眼欲穿地等候在那里。神仙们腾云驾雾纷至沓来，在韦驮所率三层保安的护拥下快速从望仙桥上通过，随即在西郊河之迎仙桥上缓步踱上红地毯，边走边频频致意于镁光灯，弄姿于摄像机，然后用拂尘拐杖牛鞭子羊尾帚在签名墙上用甲骨文蝌蚪文或不中不洋又中又洋的文字龙飞凤舞地签上其大名。神仙们进入中心会场去了，神迷仙迷们仍还围聚在场外久久不愿散去，哪怕只能闻到场内弥漫出来的酒香和神仙们剔牙缝散发出来的味道，他们也感到幸福无比。三天后庙会结束，到神仙们离去的那一天，怅然若失的情绪笼罩在摸底河之送仙桥上，神迷仙迷们扯着"I LOVE YOU！"的横幅，声音嘶哑地呼喊着心目中神圣的名字，挥泪与神仙们依依惜别……

　　三座仙桥中给我印象最深的是望仙桥。儿时见到的望仙桥为五孔石桥，桥身又长又拱，桥面石板缝隙如龟纹，鸡公车辙印足有一寸多深，推板车的车夫挥汗如雨，发出嘿呀咿呀的吼声，马拉车马儿的铁蹄与石板之间火星四溅，费了吃奶的力气才能翻过拱背过得桥去。桥上的行人几乎没有空手的，要么背着竹背篼、挑着箩筐、担着柴草，要么扛着长长的杉杆、抬着刚打好的木柜，头望着桥面匆忙而过。望仙桥有石质护栏，很厚实，但我记不起上面是否刻得有花纹图案了。从护栏处探头向桥下看去，南河河流湍急，河水清亮，船夫们用竹篙竿在用力地撑着木船来来往往，往上游去的木船必得有七八位拉纤的纤夫用力相助才能得以前行。

　　望仙桥西头是青羊横街上最热闹的一部分。好几家饭馆齐聚桥头，临街的菜灶上冒着欢快的火苗，旁边的蒸菜笼子慷慨地将香气撒满街道，隔壁羊杂肉大锅里翻滚着乳白色的波浪，跑堂的伙计淌着汗水在不停地奔忙。两家茶铺门前停满了鸡公车、板车和箩筐，茶铺里发出像菜花田里蜂群一样的嗡嗡喧闹声。望仙桥南头当时是西郊最大的农副产品集市望仙场，米面麦糠蔬菜瓜果锄头扁担水桶竹席鸡鸭猪羊砂锅土碗水烟草纸膏药丹丸全都麇集在里面，平时人流如织，逢场天更是拥挤不堪。无序的人群，嘈杂的声浪，给望仙桥平添了许多生气。待到场散人去，那种特有的乡土气息还会久久地弥漫在桥上，似乎永远不会散去。后来我观赏到《清明上河图》大桥那一部分，心里怦然一动：其场景和我儿时见到的望仙桥何其相似乃耳！不知画作者张择端是否云游过这里，并将此处的场景作为素材，弄出了那幅传世佳品！

我在桥上当然没有望见过神仙，我只望见芸芸众生和与此相伴的布衣素食。20 世纪 60 年代，望仙桥下游不远处建成百花潭大桥，从交通需求来讲，望仙桥已失去作用，考虑到防洪需要，遂立即被拆除了。但在十多年前，为了恢复历史的记忆，其原址处又建起一水泥石拱桥，我去游走过两次，觉得弧度比旧式望仙桥小了许多，且周边也远没有昔日的热闹场景了。

迎仙桥和望仙桥一样，曾经风光一时，它所在的青羊正街也一度热闹非凡。青羊正街原是一条典型的古场镇街道，街两边是传统的一楼一底木桦板铺房，街两边遍布饭馆货店，还有榨油坊、铁匠铺、照相馆和大茶馆。因为紧邻青羊宫和花会，这条路上游客、香客长年不断。20 世纪 60 年代建成一座百花影剧院，红火了近二十年。

迎仙桥在青羊正街与琴台路的交会处，原为拱洞平面石桥，西郊河水经桥洞下奔泻而过，立即与锦江百花潭相汇，那时河水充沛，两河河水互不相让，激起浪花朵朵，形成数个大旋涡。旧时有人遇事想不通、熬不过，常在这里来寻短见。成都人有时讽人时也爱说：迎仙

送仙桥艺术城修建前的古玩市场（草堂北门）
20世纪80年代　王晓庄摄影

送仙桥的古玩市场
2001年　王晓庄摄影

桥下百花潭又没得盖盖，随便你跳！

20 世纪 80 年代府南河工程带动了锦江沿河两岸的彻底改造，青羊正街的旧房破屋被一扫而光，现已形成一条幽静的街道。在路边树木的掩映下，与路面浑然为一体的迎仙桥很难再被人发现。唯一能辨识迎仙桥的办法，是桥头路边上仿造的那座散花楼。

三座仙桥中，只有送仙桥至今还为大家所熟知。原因很简单，经改造后的送仙桥桥侧建有西南地区最大的古玩艺术城。这送仙桥古玩艺术城正处于青羊宫、杜甫草堂、百花潭公园和文化公园之间，与四川省博物馆也近在咫尺。在这里古玩字画、金石牙雕、古旧家具、乌木根雕、邮票钱币、主席像章、军用背包、唐卡藏刀及其他收藏品都能找得到。即使在河边或通道处的地摊上，你也有可能淘到苦苦寻找的东西。既然有这些承载着记忆的东西吸引着人们，被风化了的三座仙桥的传说自然会在人们的心目中慢慢消失掉了。

书院墨香经世传

1963 年夏，我考入重点中学成都七中读高中，四伯父抑制不住兴奋之情，特地送我一支铱金尖钢笔。我父母自然也非常高兴，他们感到在宽巷子蓝氏家族数辈人之中，只有他们的儿子能考上这样的好学校，好似中了状元一般，荣耀得不得了，弄了好几样菜，将巷口巷尾的蓝家亲人全都请来喝酒。

四伯父本是一个不苟言笑的人，那天在席间却滔滔不绝讲了许多话。四伯父说：从我这一辈往上数，都是庄稼人。我这一辈六兄弟，只有我读过几年书。我下面一辈，就是你们，总共有二十多人，一半以上没上过学，上过学的也只读到高小，能上初中的就一两个。你是这一辈男娃儿中最小的一个，你再读不下去，我们蓝家就真的没指望了。

他重重地将酒杯往桌上一蹾：七中是个啥学校？你们肯定不清楚！我四十多年前来成都时，想上的学校一个是墨池书院，一个是尊经书院。墨池书院就是现在的七中！当时的名气就大得很！从宽巷子往北走几步就是青龙街墨池书院，往南走几步就是文庙街尊经书院，可惜我来的那年运气不好，墨池书院和芙蓉书院合并，尊经书院和锦江书院合并，都开始讲新学，我读过的那些书成了废纸堆。

四伯父写得一手好字，平时爱戴副老花镜捧起一本线装书坐在竹椅上静静地阅读。他的儿子早已在外地安家，两个女儿也先后嫁人，他曾经希冀自己家中能够有人饱读诗书振兴门庭光宗耀祖的希望——落空。如今看到我上了高中，进入一个如此优良的学校读书，好似实现了他自己的梦想一般，菜没吃两口，酒喝了不少，闷在心里的话匣子也打开了。

他告诉我们，七中最初叫墨池书院，他到成都那时叫成县中，当时的校长龚道耕是个经史学家，著书一百多部。在龚之前，成都的经史大儒是刘槐轩，著述多达三百多部。而与刘同一时期，还有个厉害人物叫王闿运，是尊经书院院长，写的东西就更多了，《湘绮楼诗集》、《经学史论》（上下卷）、《周易说》、《论语训》等十余种，二百多卷。还有当时世间广为传读的《湘军志》，著述之丰，影响之大，为近代罕见。

四伯父凝目望着我们问道：《湘军志》与我们四川有啥关系？湘军是湖南军，咋会与我们四川有关系？当然有。不仅与我们四川有关系，还与我们蓝家有关系。

听到这里，大家也不吃东西了，尖起耳朵听四伯父讲故事。

四伯父说：成都北门上有个骆公祠，是晚清光绪年间为四川总督骆秉章修建的。骆秉章来四川之前是湖南巡抚，他之所以来四川是因咸丰皇帝下诏，要他赶快率领湘军赴四川来救急的。我们蓝家祖上蓝大顺，过去是带着马帮做运输生意的，和云南人李永和联手造反，人马有三十多万，把四川杀了个遍。当时清廷连换三任总督、四任提督，都拿给李、蓝起义军打得落花流水。朝廷没得法，先喊曾国藩入川来镇压，曾国藩正与太平天国军打得不可开交，抽不出身。想来想去，只好请出年近六十岁的湖南巡抚骆秉章。骆秉章领湘军入川后跟起义军打了好几场大仗，总算是将起义军镇压了下去。

关于这一段历史，王闿运在他的《湘军志》里都有记载。王闿运是四川尊经书院院长，是个做学问教书的，为啥会写《湘军志》？这个王闿运咸丰时中举人，因有文才，被当时权倾一时的顾命大臣肃顺请为府上教师。祺祥事变，两宫太后垂帘听政，肃顺家被满门抄斩，王闿运被赶出京门，跑回老家湖南投靠曾国藩，后又受四川总督丁宝桢之邀，入川出任尊经书院院长。但行前答应了曾国藩请托，同意择时撰写《湘军志》。《湘军志》历时四年多才告完成，赢得了"是非之公，推唐后良史第一"的美誉，坊间《湘军志》流传甚广，深为世人所知。

王闿运未入川以前，尊经书院业已开办，书院殿堂古雅，大门雄浑，左右各书"考四海丽为隽"、"纬群龙之所经"。学院还建有尊经阁，讲习堂等，规模十分宏大。学院第一批学生是省内三万多考生中择优录取的一百余人，以后即逢科岁两考，考入者学习起居均为统一严格管理，学生必备必书日记，记载学习内容与得失疑惑之处，每月进行两次考试，学期成绩优良者可获奖金。

王闿运是第三任尊经书院院长，讲学九年，以"佐治道，存先典，明古训，雄文章"详解群经。因他通今博古，善识慧才，因人施教，培养了一大批学术和人品皆优的人才，故名声大噪。有名的三匠学生齐白石、曾昭吉、张正旸，还有杨度、夏寿田、廖平、杨锐、刘光第、宋育仁、颜楷等都是卓有成就的知名人士。

谈到此，四伯父又问道：人民公园离这里很近，你们也经常去那里玩，我问你们，公园里那座纪念碑上刻的字是啥内容？又是哪些人写的？

我虽知道个大概，但心里明白我肯定说不透彻，所以不敢贸然回答。

　　四伯父笑了笑说，即使天天见到的东西，不用心，过目即忘，是学不到知识的。刚才提到一个人叫颜楷，是王闿运教过的学生。颜楷在四川辛亥保路运动中，协助股东会长张澜（后任新中国副主席）策划具体活动，四川辛亥保路运动影响很大，紧接着是辛亥革命，推翻了清王朝。辛亥革命成功后，社会捐资修保路运动纪念碑，我当时也是出了钱的。纪念碑四面分别用不同字体书写相同的内容，叫"辛亥秋保路死事纪念碑"，按东西南北为书法家张夔阶、颜楷、吴之英、赵熙所书写，颜楷写的是北魏体，雄劲浑厚，功夫十分了得。

　　颜楷志行高洁，学识广博，喜词善书，为世人所敬重。然而他一生恪守恭谦，低调做事，他曾将自己的住所名曰"四师精舍"，并作序，以示终生会铭记对自己的品德和知识卓有影响的几位老先生。序文内容是："德行槐轩，文学湘绮，名儒曲园，师相瓶生，此四先师者，皆予小子请业受知，再传承学者也。居仁游艺，坐待仰思，式是典型，铭之精舍。"槐轩就是经史大儒刘止唐先生，湘绮就是尊经书院院长王闿运，曲园为国学大师俞樾（俞平伯的祖父），而瓶生则是当过皇帝老师的翁同龢。辛亥革命成功后，颜楷不愿身陷政坛，遂出任四川公立法政学校校长，静心办学。

　　"好学校，好老师，才可能会培养出具有真才实学的学生啊！"四伯父长叹道，又干了一杯酒。"我很遗憾没有读上多少书，你现在有了这个机会，别误了，千万要珍惜。"

　　这一天，是我见到四伯父最开心的一天，喝了不少酒，自问自答讲了许多事情，让我受益匪浅。

渐行渐远
宽巷子

难忘的上学之路

　　1953 年我已到读书的年龄了，但我进不了小学校门。当时学校严格规定必须在当年 9 月 1 号前满七岁的儿童方可报名，我是 11 月出生的，晚了两个月。母亲带着我在周边的通惠门小学、实业街小学、小南街小学跑了好几遍，说了一大堆好话，没有一点儿作用。人生的命运真是难以捉摸，改变你生命轨迹的因素往往是不起眼的一些平常事。我晚两个月来到这世上，于是乎生命中一系列的故事情节都随之而起了变化。由于延迟整整一年上小学，导致以后的境遇似乎都慢了半拍，成了姜子牙卖灰面——尽遇旋头风。

　　那时宽巷子里还有一所私塾，老师姓何，不是老夫子，而是一位老妇人。据说她年轻时上过洋学堂，后来逃婚到成都靠教书为生，年纪大了仍是单身一人。她在 24 号院内开了一个班，最多时有二十来个学生，我只好去何老师处发蒙，在那里读过几个月，学了些什么内容现在已忘得干干净净，只记得要给老师抬水抹屋倒痰盂，背不出书时挨板子。

　　不到半年，街道办事处不准何老师开课了，于是我连这样的书也读不成了，家里父母又忙于生计，我便无人管教，像一匹小野马，整天就和一群半截子娃娃瞎胡闹。不管是住在大杂院里的也好，还是住在独门独户的铺板房里的也好，娃娃们相约在一起，或到城墙上，或到银杏树下，或在巷子里某个枞枞角角，打弹子，赌纸烟盒，晒感光纸，跳拱斗牛，有时也打群架。

我们这些娃娃很野也很痞，经常编些顺口溜来讥讽辱骂别人。有个年轻女子臭美，一见她老远走过来我们便会齐声吟唱道："宽巷子，两头尖，中间有个刘玉仙。爱打粉，爱抽烟，裤子当作衣服穿。牙巴黄，鼻子偏，屁股翘到街那边。"

十分无聊的糗话有："宽巷子，窄巷子，两个老头比锤子。"缺乏技术含量的有："要厕尿，有草纸，莫要扯我的烂席子；要厕尿，有夜壶，莫要在床上画地图；要打屁，有罐罐，莫要在床上放闷烟。"如果要挖苦某人，不管是否有其事，我们会大声对其吼唱道："王二娃的爸，拉架架（板车），走到盐市口，想解手，解手来不及，跟着裤儿滴。"

这种习性仿佛是城市街巷与生俱来就有的，很土气，很无聊，很直白，但它滋生于当时生活的一些实际情况，所以长盛不衰。这些俚语、俗语、怪话也不是一成不变，巷子里的街道房屋变了，居住的人员变了，社会生活变了，街头巷尾唱出来的也就有所不同。后来长大了点儿，又遇到三年困难时期，肚子吃不饱，嘴巴闲话特别多，一边敲碗一边还有气无力地哼吼道："走进食堂门，稀饭两大盆，周围起波浪，中间淹死人。"那几年生活紧张物品紧缺，只有正式户口在市区内的人才能领到粮票、布票、煤票和一张全年的副食品供应号票，还记得某个月凭号票供应的东西有：33号鸡蛋半斤，34号化猪油二两，35号肥皂半连，36号白酒二两，37号糖果二两，38号粉条二两。有首号票歌词，不知谁创作的，反正我们不时挂在嘴皮子上乱吼："烟要票，酒要票，肉要票，糖要票。样样东西都要票，一人发了一百号。一号买豆豉，二号买粉条，三号买盐巴，四号买花椒。五六七八九十号，妈妈记，娃娃抄，密密麻麻列成表……"

好不容易又挨过一年，我已快八岁，学校再不收我就说不过去了。然而还是因适龄儿童太多，我所在的宽巷子里的五个娃娃不能就近上学，而是被安排到郊外的西安路小学去读书。

当时到西安路小学需从宽巷子西头右拐入同仁路，行至奎星路口左拐，穿过一城墙缺口，那个缺口是抗战时期为躲日机轰炸跑警报而临时挖掘出的，经过一长段田间小路，横穿西安路，再走一小段田间小路方到校。

学校由一座陈旧的四合院开辟成六间教室一间老师办公室而成，四合院外有条小河沟，沟上有座小木桥，学校紧挨着几户农舍和一大片长满芭茅草的坟地，学校连围墙和校门也没有，寒酸得要命。

班上学生少部分是城墙内街道上的娃娃，大多数是附近农户的小孩，有的还穿着长衫子戴着瓜皮帽，很像三味书屋里的学童。有个叫刘方正的经常牵着一条老水牛来上学，他每次都将牛鼻绳系在教室外的窗框上，自己再悠然自得地跨进教室上课。放学后则牵着牛沿途吃着田埂上的草回家去。"牛老伯"撒尿时水声特别大，开初我们一听见哗哗声就哄堂大笑，后来熟悉了这声音也就见惯不惊了。只是讲课的老师反而克服不了这种声响的干扰，常常皱起眉头做痛苦状。

我们坐在教室里可以望见室外不远处有一个高大的土堆，在一片竹林的簇拥下颇显巍峨。刘方正的家就在土堆边，他很得意地告诉我们那是诸葛亮退兵时的抚琴台。班上的女同学冯文新和我同是宽巷子人氏，家中父母都是有文化的人，自然比我们有见识，她反驳刘方正说那个土堆是司马相如弹琴卓文君吟诗的地方。

我无知，但很好奇，加上想骑在"牛老伯"的背上玩，便在一次放学后随同刘方正朝他家走去。他牵着牛，让我骑在上面，我能感觉到牛背上厚实的肌肉和硬扎的牛毛以及一股臊乎乎的热气。

刘方正的家在一丛浓密的竹林中，紧邻他家院门就是大土堆外围的竹篱笆。放下书包，我俩很轻易地从缝隙里钻了进去。土堆又高又陡，长满了茅草和灌木，周围看不出有任何路径，全被荒草掩映着。来到一个像是正面的地方，我看到有两扇紧闭的黑漆大门，门前有几尊横歪竖倒形状怪异的石人像，风一吹过，满土堆的茅草发出窸窸窣窣的声音，令人毛骨悚然。

刘方正招呼我道：你来看，这里面放得有夜明珠。我有点胆怯，但他说的东西很吸引人，于是凑上前去将双眼贴近门缝往里瞧。里面黑咕隆咚的什么也看不见，反倒是一股阴冷寒碜的风吹出来直冲鼻腔。刘方正突然大叫一声：鬼来了！吓得我顿时魂飞魄散。待我回过头来，刘方正已不见踪影。我不知他躲向何方，慌不择路中我竟跑错了方向，齐脚脖子深的荒草让我连摔了好几个狗啃屎，直到迎面见到哈哈大笑的刘方正，我仍然惊魂未定。

经过此事，我对这个大土堆没有一点好印象，更觉得它与"抚琴"这一优雅的名称实在不相般配。

几十年过去了，直到1989年永陵路开通，大土堆经过全面整容，高大的宫廷式门楣上悬挂出"王建墓"匾额，我才最终明白它的确与抚琴的传说无关，而是五代十国时期前蜀皇帝老儿的陵寝。

西安路上印着我童年时期的许多脚板印，那时每天上学我都要横跨过这条路好几次。西安路名称的来历并不是某些人认为的这里是以某个城市命名的道路或这里曾设有陕西会馆。西安路前身是1931年所建一段碎石公路，1947年路途中有一木桥被河水冲垮，道路损坏严重。时任川康绥靖公署主任兼国民政府四川省主席邓锡侯路过此地，面对民众呼声，胸口一拍，表示一定要将桥梁重建并扩修公路。但回

王建墓（永陵）　20世纪60年代　王文相摄影

到公署一筹划却犯了难，因为当时川军军饷匮乏，政府财力短促，哪里抽得出钱来建桥修路？左思右想，苦无良策。然当众许诺，理应一言九鼎，堂堂省主席岂能食言？

冥思苦想中灵光一闪，狂喜！原来邓主席的生日快要到了，虽然以往都是低调对待，且这次生日也不是什么满九逢五之类的大生，但可借庆贺生日之机，行暗度修路之实啊。于是精心筹备，大张旗鼓广撒请柬，将政界要人军界首脑豪绅商贾社会名流，凡是想得到的统统请到，一网打尽。

不出所料，邓主席生日这天，各界人士均携厚礼纷至沓来。邓向大家鞠躬致谢，高声道：本人有一请求，望各位成全邓某做成一件善事，也是各位做成的一件善事，我将用大家送来的贺礼重建环城路上的桥道并酌情拓展公路，以图我市民众西门之行平安方便，恳请各位同意支持为感！这还有什么可说的。一席话，满堂喝彩。数月之后，已毁木桥改修成石桥，取名为"晋康桥"，环城路扩展后依邓主席之意更名为西安路。实事求是地讲，邓锡侯的确做了一件应该做的善事。

邓主席做的最大的一件善事是两年后和解放军部队达成和平解放成都的协议，为此他也担任了很长一段时间的新中国四川省政府副省长。

西安路上有座名气很大的桥——三洞桥。三洞桥下水流是属犀角河（又称洗脚河）系，名叫西郊河，它从将军碾流下来，过王建墓墓前，经三洞桥，二道河，一路向西，形成西城一带护城河，再过十二桥，在百花潭处注入南河。三洞桥原有两座，一为西安路小学斜跨上西安路的一条小路上的三孔石桥，有石质雕花护栏，这是正宗的三洞桥；另一为西安路上的木板桥。这两座桥之间有一三角形地带，建有一家久负盛名的酒家叫"带江草堂"。"带江草堂"原名"三江草堂"，

带江草堂　2009 年　袁庭栋摄影

沙河上的中三洞桥　2003 年　韩国庆摄影

是位邹姓人氏开办的，我记得那时"带江草堂"是宽大的半敞式竹架茅草屋，临河边是木桩吊脚楼。"带江草堂"的看家菜是红烧鲢鱼，就地取材河中之鱼再精心烹制而成，店内饭菜酒茶也一应俱全，颇受欢迎。抗战时期城里人跑警报让这一带成了避难场所，于是"三江草堂"名声四起。顾客中一位名陈践石的雅士借用杜甫诗句中"每日江头带醉归"之意，书"带江"二字赠予邹老板，"三江草堂"遂改名为"带江草堂"。

我上小学五年级时，"带江草堂"更是红火了一把，盖因郭沫若到此品尝邹鲢鱼，赋诗曰："三洞桥边春水深，带江草堂百花明。烹鱼斟满延龄酒，共祝东风万里程。"加之文化名人巴金、沙汀、李劼人、王朝闻、关山月等，都曾慕名到"带江草堂"就餐，所以这三洞桥边的"带江草堂"是无人不知，无人不赞。

但对于我们这些小娃娃来说，感觉却是另外一回事情了。因为三洞桥下本来是个游泳的好地方，这里离学校只有几步路，很方便。但那里的人怕我们游泳影响鱼笼子里鱼儿的健康成长，时常用竹竿子驱赶我们。为表示我们的不满，我们路过那里时便会故意高声吼唱道：吃了三洞桥的鱼和鸡，回去肯定要拉稀；喝了三洞桥的酒和茶，回去肯定要尿八泼（四川人念"趴"）。

三洞桥的上游是将军碾。将军碾有两个大石碾磙一个小石碾磙，两台风谷机和两台打面机，颇具规模。那时河水十分丰富，奔泻而下的水流冲动着巨大的木轮，木轮带动碾坊里巨大的石碾磙，石碾磙不知疲倦地碾压着石槽里的谷子。谷壳很硬也很脆，不久就被碾压成细末状。关上水口，让石碾磙停下来，将被碾压好的谷糠送入风车。风车上有两个出口，重力大的米粒先从下方出口落进箩筐，轻浮的谷糠带着泥土和霉草的刺鼻味从水平出口喷发出去遍地坠下，碾坊内梁柱墙壁上全是糠灰形成的一条条柳絮，站上一分钟，头发上衣服上就会蒙上灰褐色的一层糠尘。碾坊里唯一诱人的是箩筐里那些白生生饱满满闪着晶莹的米粒。

三洞桥的下游是二道河。此处河中有一河滩，滩上长满树木，将河流一分为二，木桥也利用河滩分为两段，故称二道河。那时二道河俗称为公母河，说它是公母河，是指出了它的实质和本来面目。左边水流大，河面宽，是男人们游泳的地方；右边水流小，河面窄，且河床平缓，自然而然成了女人们游泳的场所。这里是当时最大最热闹最有观赏性的游泳场，盛夏时节人满为患。河滩树林间有小商贩卖凉粉凉面凉拌大头菜锅盔夹卤肉的，生意非常火爆。

那时还见不到像模像样的游泳衣裤，男人穿条内裤或自制三角裤，不少小孩娃娃亮着光屁股。女人一般是长衣长裤，穿背心短裤的算是曝光度很高的了。即便如此，公母河里的游客都免不了让眼光越过河滩，相互偷窥着另一条河里的景象。这里是三无境地：无更衣室，无厕所，无寄存衣裤物件的地方。纯天然，纯自然，天地融合，男女共浴，风光无限。男人更衣十分简单，背向母河一脱了之。女人更衣须三个以上同伴配合，用上衣围成圈，嘻嘻哈哈东张西望折腾半天。脱下的衣裤各自放在岸边，形成无数的小丘，时常有要穿衣服了老是找不到自己的所在。但那个年代天下真的无贼，随意脱在岸边的衣裤没有丢失过，即使你是全裸下了河，上岸后肯定可以全身而退。也有极其特殊的情况，属于内部矛盾，一是家长，二是老师，见劝说警告无效，只好采取果断措施，跟踪而来，寻机抱走衣物而去。我曾多次见到被父母押解回家的小孩，全身光溜溜的，双手紧紧护住自己的宝贝，十分委屈地行走在明媚的阳光下。我和班上几个同学也被老师收拾过，幸亏我们有条遮挡要害的裤衩，被遣返回学校时还有心情相互扮着鬼脸做怪相。

我上三年级时，一场大水将学校淹得一塌糊涂，这促使上面下了决心要改扩建我们学校。方案有三：一是学大禹治水将学校旁的小河沟挖深拓宽；二是请农民扶持教育大业出让后面的几亩竹林荒地建八间教室；三是活人去争死人的地盘，将学校旁的乱坟包开辟成平地做操场。扩建工程开始后，我们全体学生热情高涨，课外活动唯一的内容就是挖沟平地。

刘方正等几个农村娃娃会耍锄头会挑土，是绝对的主力。但他们也最爱恶作剧，时常将坟包里挖出来的蛇提起来追着女同学挥舞，有时还塞进别人的书包里。有一次他见一副死人骨头还比较完整，于是用绳子将头盖骨系在自己的头上，冒充大将军头盔，又将死人大腿骨提在手上做宝剑状，吓得众人到处躲藏。我自认为我和他的关系比较好，又是少先队大队委，算他的领导，不会拿我来开玩笑。殊不知那天下午刚挖开一副棺材盖，他伏在坟头惊呼：有珍珠！有珍珠！我趋向前想看个究竟，他趁我不留神，猛一掌将我推入棺木里，我的屁股和腰背与死人僵硬的骨头进行了亲密接触，恐惧瞬间笼罩全身。幸好死人没有将我拦腰抱住，我迅速爬出坟坑，由万分惊恐变为十二万分愤怒，挥起一把锄头向刘方正砍去。谢天谢地他逃脱了，否则我废了他，我自己也会被治罪。刘方正受到的处分就是被老师批评了几句，我想不过，于是两天后趁中午放学之机潜回教室，将刘某人的书包扑通一声丢进做清洁用的水桶里。下午上学我跨进教室时，已有几个同学将水淋淋的书本摊满课桌，像唐三藏在通天河晒经文。当时我的心里乐不可支，觉得终于出了一口恶气。但好景不长，我的兴奋之情还未消退，立即被叫到老师办公室进行询问。由于作案动机过于明显，又缺乏周密计划，三分钟不到就只得承认犯罪事实，不仅受到更为严厉的批评，并且还立即撤销了我少先队大队委职务。真是天网恢恢，疏而不漏，让我欲哭无泪。

从宽巷子到西安路小学上学的路上，很多时候冯文新是和我相伴而行的。冯文新家居住在宽巷子32号小洋楼里，她父亲过去是黄埔军人，官至师长，带兵打过仗。按常理讲我应该知道他的名字，但一直只称他为冯伯伯，称他夫人为黄妈，所以至今不知其名。他们家五个娃娃是清一色女儿，个个如花似玉。冯文新是老三，老四冯文昭老五冯文婷分别和我两个妹妹同学。她的大姐是学医的，二姐是音乐学院的学生。

冯伯伯是个资格的军人模子，身材魁伟，五官棱角分明，神情严肃，看上去有股杀气。他走路腰板挺得笔直，目不斜视，步幅很大但很平稳。困难时期人人都吃不饱肚子，走路风都吹得倒，唯见冯伯伯已经瘦了一圈的身体仍如以往一样昂然挺立。黄妈一眼看上去就知是一个有知识有涵养的人，穿戴得体，面容和善，很有风度。我小时候有些狂野，巷子里几乎无人愿意惹我，只有黄妈是指名道姓批评规劝过我的人。

冯文新很文静，瓜子脸，杏眼，走路有点内八字，成绩不用说了，全校顶呱呱，我官至少先队大队委时，她是大队长，一把手。一至四年级，我和她上学放学几乎都在一起，上学时她要经过我家门口叫上我，放学时我会陪同她一起走过一大片农舍，随时提防着农家的狗窜出来伤人。那段时光我也常在她家上自习，就在洋楼下的花园里，她奶奶摆上洗衣板，我们各自坐在小凳上做作业。花园里栽着一些不知名的花草，有两棵柚子树挂着黄澄澄的果实，一楼一底洋房的墙壁上爬满了青藤，半敞的窗户内有浅蓝色的纱幔在轻微地飘动。有几个下午，我还听到从屋子里传出来她二姐冯文嫣优雅的琴声和歌声。

有一次学校里奖励好学生，我和冯文新都获得一张票到市话剧团观看《马兰花开》。我去晚了，满身臭汗进了剧场，一时看不清排号，工作人员接过我的票把我领到座位上，正好就在她旁边。她用手势和我打了招呼，又做了不要作声、快看演出的手势。我坐下来，先是感觉到剧院里的椅子坐上去十分的舒适，接着觉得从她那边透过来一丝丝清凉和淡淡的清香，令我有些晕眩。不过可惜那张票了，我没能将轰动一时的《马兰花开》看个明白。

小学五年级时，正值"大跃进"时期，我父母参加当时规模很大的刀具厂的基建工作去了，带去了两个妹妹，将我交给邻居做蔬菜生意的王婆婆照看，我成为那时的留守儿童。王婆婆天不亮就出门，天黑尽了还不见回家，我的生活由此乱了套，早上起不了床，冯文新上学时将我房门敲得再响我也装作不在家而不予搭理。我从那时开始经常旷课，后来又时常逃学，三五天不去学校，漫无目的地东荡西晃。如此有一年多的时间，我的学习成绩如股市崩盘，身体状况如索马里灾民。到小学快毕业时，我从曾经的好娃娃沦为学校里最让人头疼的差等生。

一天晚上，我不知从哪里抓来一本马卡连柯写的传记小说《教育诗》，看得我哇哇大哭。早上我仍然起得很迟，但我决定要上学去。令我尴尬的是，好不容易讲课的老师让我进了教室，我却找不到自己原先的座椅。教室里没有空位，同学们用陌生的眼光木然地望着我，让我羞愧无比。我想冲出教室，从此不再踏进校门。这时，冯文新从她自己的座位上站了起来，悄悄地和另一个女同学挤坐在一起。我默默地走过去坐在她的位子上，将头埋进双臂里，任泪水流淌。

第二天我起得很早，眼睛好像还是浮肿的。刚一打开房门，一眼就看见她正站在对面的街檐下望着我这里。她见我身上挎着书包，嘴角似乎微微一弯，旋即转身径自朝学校走去。

半年后考初中，同班的五个宽巷子学生有两个落榜，我于心惊肉跳之际终于从榜上寻找到我的大名。冯文新自然也在其上，这在她来说是顺理成章之事，在我来说则是意外之喜。那天黄妈也来了，笑眯眯地对我说道：想不到你还赶上来了，得行。中学生了，更不能调皮了啊。

初中时我和冯文新不再同班，不可能有机会再次坐她坐过的位子，人长大了点，也就变得有些含蓄了，没有与她打过招呼或是说上两句话。自 1963 年夏她考入市女子一中读高中，我考入七中之后，至今再也没有见到过她。

1970 年秋，我是西昌地区的知青，回了趟宽巷子老家，黄妈找到我，要我帮同在西昌地区下乡的老四冯文昭找辆车坐回去。想办法求得别人同意搭乘两人，以为可以和冯文昭同路，便能打听到冯文新的消息。殊不知临上车时，来的正好是两人。那辆车满当当挤站着带着包裹的二十来人，路途要走三天，实在无法再容纳下我，只好作罢，挥手目睹汽车绝尘而去。

黄妈为表谢意，给我送来一张市歌舞团芭蕾舞剧《红色娘子军》的票，我知道她家老二冯文嫣是歌舞团的演员，便饶有兴趣地去看了演出。从头至尾我很认真，眼睛发酸了也没看出台上的演员谁是冯文嫣。事后我问黄妈：文嫣演的是什么角色啊，怎么认不出来呢？黄妈笑道：台上的人化了妆你怎么分得清，何况文嫣是在台下乐队里弹琵琶的。我鼓起勇气问冯文新的情况，黄妈的回答让我的内心感到一阵震颤。她告诉我，文新的大姐在外地工作，是位医生，两年前因救一位落水者而牺牲。当时大姐的女儿还不足一岁，大姐夫是医务骨干，人品很好，工作担子很重。冯家的人忍住悲痛，思来想去，为小孩的未来考虑，为大姐夫面临破碎的家庭着想，冯文新毅然踏进了大姐的家。

离开黄妈，我有些恍惚，心中有股隐隐的痛楚、酸酸的伤感和曾经坐在她座位上时内心里涌出来的那种感动。

时光荏苒，又过去多年，我和我小妹几经周折，于前年和已是医务专家的冯文昭见了面，得知冯文新全家在上海生活，包括她自己的儿子也在一起，宁静，幸福。我拜托文昭向她转达问候和祝福。

"月亮在白莲花般的云朵里穿行，晚风吹来一阵阵快乐的歌声……"这首《听妈妈讲那过去的事情》是我小学时从冯文新那里第一次听到的。她站在学校操场的土台上，老师用脚踏风琴为她伴奏。至今五十多年过去了，这首歌仍然流行不衰，所以我始终还记得她。

从石犀寺到磨子桥

上初中是我人生中的一个梯坎，是由懵懂逐渐走向自立意识的一个起步的阶段。我自然报考离家仅一步之遥的西胜街中学，当时学校名称是成都市第二十八中。

开学第一天，我们新生在学校礼堂里听陈校长讲话。陈校长是位女士，齐耳短发，着灰卡其布便装，显得很有精神。据说她在新中国成立前是进步人士，积极投入自由民主争取解放的活动，新中国成立后一直在教育系统里工作，能力很强。她上台坐在讲台后的椅子上讲了还不到十分钟，便从衣包里掏出一支香烟和一盒火柴，笑嘻嘻地说道："你们这些新生很兴奋啊，老是在下面讲话。你们讲吧，我抽烟了，听你们慢慢讲。"

我们全都放声大笑，但很快又安静下来。只见陈校长刺啦一声划燃火柴，优雅地点燃香烟，并优雅地轻轻吐出一缕烟雾。她美美地吸了两口烟，将小半截烟头掐灭，又笑嘻嘻地说道："你们不讲了？你们不讲了就该我讲了哈。我们这所学校历史悠久，前身是清朝末年时的第二小学堂，那时这条街叫右司胡同。民国政府成立后，在1913

年将小学堂改扩为省立第一中学，之后还改名为协进中学和清协联中。新中国成立后才改为现在的二十八中。革命前辈李硕勋烈士，著名作家阳翰笙先生、沙汀先生，中国科学院院士李小文等都曾经就读于这所学校。几十年来，从这所学校里走出去的学生有的成为建设国家的有用之材，有的成为有一定文化基础的劳动者。我希望你们在座的各位新同学，要热爱这所学校，传承学校的优良传统，在德、智、体三个方面都获得长足的进步……"

我们深深被她讲的内容所吸引，没有再发杂音，她也将学校的所有情况娓娓道来，没有再掏香烟出来了。

学校分东院、西院两部分。西院是两幢教学楼、教务办公室、实验室、礼堂兼食堂，和一个许多人不曾数清楚过蹲位的大厕所。东院是大操场，操场边沿地带有数间教师宿舍。而在东、西院之间，还横亘着一大片民居，我们上体育课或参加课外活动时，需从民居背后一条狭长的巷道里穿过方能到达操场。

我们很奇怪，为何学校不将这片民居扩展进来，反而让它拦腰将学校斩为两截呢？

恰好班上有个同学的家就在其中，他告诉我们，之前学校只有西院这一部分，后来要扩展活动场地建操场，因这片民居地原址处曾有座石犀寺而无法迁动，故只好绕过这一带在西胜街的东头另辟一地建操场，学校遂有东、西院之分。

我们曾钻进这片民居看个究竟。其时这一带被七八个大杂院所盘踞，密密麻麻的住户像罐筒里的沙丁鱼一样龟缩在狭小的空间里。只有居中的一个院子里有个宽大的天井和长满青苔的石板以及大厅里还立着一排布满虫眼的木栅栏，仿佛还在试图证明这个地方曾有过的久远岁月。没见到石犀的尊容，也没闻到寺庙的香火味。同学的说法显得似是而非，我们扫兴之后也就不了了之。

若干年后，我在《成都城坊古迹考》一书中终于找到了答案。原来此地还真有石犀寺这回事情。史料所载建石犀寺的年代各据一词，明《蜀中广记·名胜记》称：石犀寺又名石牛寺，寺正殿阶前有石状如犀尚存。《十国春秋》载：孟蜀宰相王处以扩寺基并建屋四百楹，发展至三十六院，与大慈寺东西并峙，号成都第二大寺。还有一说法称唐玄奘于大慈寺驻足期间也曾常往来石犀寺诵经。但石犀寺至元明渐衰，清初成都全毁，石犀寺也不复存在。

刚开学不到四个月，学校里就发生了一起当时颇为轰动的大事件。这天早上刚上第一节课，全校突然来个统一笔试，不分年级，也不论这节课是语文数学历史外语，全都回答相同试题。那试题也简单，是三道填空题，每题前后均有文字，我们只需按文字意思将其中未表达完备的几个字填写出来即可。要填写的几个字都带食旁，如饭、饮、饱等，或带人旁，如什、仕、估等。因为必须得填上这些字，题也就编得有些别扭，老师则不停地在反复提醒学生明确要求。十分钟答题结束，收齐答卷后全校才又恢复正常教学秩序。下课后大家议论纷纷，但因从来没遇上过这样的事情，所以谁也猜不出这究竟是什么原因。

仅过了两天，我同班同学戴光宗刚进校门即被公安局来的人员带走。我们看见他号啕大哭，不断挣扎不断哽咽道：我错了我错了！我知道是我错了！公安人员没有言语，架着戴光宗迅速上了一辆吉普车离校而去。

戴光宗遭了！戴光宗书写反动标语遭起了！消息不胫而走，全校炸开了锅，上第一节课的老师费了很大的劲才让课堂秩序安静下来。

这案子从发现到破获有点令人哭笑不得。学校里各有一间男女厕所，男厕所十分狭长，蹲位近三十个，蹲位间有木板相隔。来此方便的都是读书人，既有笔在身，又有文思涌，所以木板上布满了形形色色五花八门的各种内容，这是特有的厕所文化之反映。戴光宗不知哪根神经发了，居然在拉大便时写上"吃不饱饿死人为什么"九个字，这九个字连标点符号也没有，一气呵成。也不知是哪一位，对厕所文化颇为专注，居然在木板上密密麻麻的文字内容中发现了这九个字，并立即向校方做了报告。

我们这批学生是 1960 年进入初中的，都是十三四岁的娃娃，正是身体成长需求旺盛的关键时期，恰恰遇上粮食困难，当时每个月粮食定量为三十二斤，若按现在生活标准来看，定会绰绰有余，但那时肉食限量每月一斤，清油半斤，营养极差，根本达不到身体成长的需要。吃不饱肚子是所有人共同的感觉，每天上午从第四节课开始，学生的心思就不在课堂上，而是在食堂里了。当时学校里也充分考虑到了这一点，还采取了不少具体措施，比如每天要轮流派老师和学生代表监察食堂对学生伙食标准执行的情况，严防缺斤少两；要求体育老师适当减少活动量以避免学生腹内仅有的饭量过早消耗殆尽；动员大家做小球藻或其他可食用的代食品并举办了展览等等。记得有位体育老师执行校方指示过于死板，他将跑步打球全部取消，叫学生排成两排面对面，只动嘴，先互背成都街道名，再互背成都名小吃。这一背不打紧，本来就饥肠辘辘的学生，一提到吃的，顿时感到更加难受，还有个别学生口吐清水瘫坐在地上的。

所以戴光宗写的吃不饱也是说出了大家的实际情况，刚上初一的学生，说话与童言无忌差不多。戴光宗被抓起走，很大原因是他还说出了吃不饱的恶果，并且提出了疑惑。这一下居然让有关方面紧张了，定性为反动标语，连夜商定破案对策，决定以查笔迹为突破口，这才有了前面提到的奇怪的临时填空测试。

不得不佩服公安人员的本事高强，一千多名学生的笔迹中，他们只用两天时间就锁定了目标，并准确无误地将戴光宗给揪了出来。

戴光宗，十三岁多点儿，初中一年级学生，并无任何有害社会的实际行为，仅因写出"吃不饱饿死人为什么"九个字，就此离开我们班，被带到一个不知名的地方受管教去了。

因为出了戴光宗这个知名人士，于是我们班在全校小有名气。

半年后，我们班上再出一名人，我们班于是由小有名气变为大有名气。

班上有位女同学叫罗佑坤，个高，肤白，面带佛相，性格文静，成绩优良，英语老师最喜欢让她朗读课文，给同学们的印象还不错。

这天她将一本崭新的书交给班主任郭老师，郭老师在班上宣布说：这本《在烈火中永生》是本非常好的书，是我们现在进行阶级教育的一本好教材。这本书是罗佑坤同学的叔叔罗广斌写的，刚出版就被订购完了。现在罗佑坤同学愿意将她自己的这一本借给班上同学传阅，要看的就在我这里来登记。

大家这时才知道罗佑坤原来是原国军陆军中将、第十五兵团司令官罗广文的千金。《在烈火中永生》一书是罗广文的亲兄弟罗广斌与另一位原地下党人士杨益言共同创作的。他们继《在烈火中永生》之后，又写出长篇小说《红岩》，在社会上特别是青少年学生中产生了巨大的反响。后来在罗佑坤的帮助下，学校里不少同学都购到这两本书，成为大家争相阅读的最主要的课外读物。

罗佑坤的家就在离校不远的金河街上。金河街因金水河而得名，我小时候见到金水河时，水流已经甚小，舟船亦无影踪，偶有妇女立于河中涤衣。河北岸 20 世纪 50 年代为一土公路，鸡公车、架架车缓行于上，60 年代为柏油路，解放牌卡车、无轨电车奔驰其间。南岸是临河小街，垂柳依依，掩映着互不毗连的数座深宅大院，罗佑坤的家就是其中之一。

她的父亲罗广文和叔叔罗广斌两兄弟均受其父川大法学院训导主

任的影响，勤奋好学，怀揣报国之志。然而两人所择方向竟南辕北辙，一个为国民党卖命，一个为共产党效力。先是国民党将共产党抓了，罗广斌被投进重庆渣滓洞监狱弄来关起；后是共产党将国民党打垮了，罗广文只好举白旗宣布起义。罗广斌重见天日，身居要职，写出风靡一时的作品，成为当时社会上影响力极大的公众人物。不料想后来"文革"中罗广斌被斥为叛徒而遭迫害致死。反之罗广文自新中国成立后一直谨慎度日，以全国政协委员、省林业厅厅长身份寿终正寝。

岁月似乎在湮没一切的同时不断更新着一切。20 世纪 70 年代初金水河因备战备荒的需要被改造为市区内最大最长的人防工程，河床没入地下，河两岸就此浑然一体，金河街于是徒然变宽，罗家那座大院也被夷为平地。1984 年建西干道，金河街与天府广场贯通，那条路顿成自东向西一条通衢。大道两侧既耸立着气派非凡的高楼大厦，也将"努力餐"等古建筑的风貌保留了下来。如今树木葱茏的人民公园凸现街边，已建成的地铁 2 号线进出通道口人流如潮，金河宾馆门庭扩展后更显示出轩昂之气，不远处宽窄巷子游览区的高大牌坊吸引着来来往往人们的目光。

有一段时间，二十八中曾更名为金河中学，"文革"中还更名为延安中学，但因其与教育系统的习惯和传统不相关联，加之时间很短，所以人们对此印象不深，早就将这些称谓给忘记了。

我在二十八中读初一时仍然有些懵懂，心思根本没有放在学习上，调皮捣蛋，满口粗话，不时溜出教室翻墙出校到处逛。虽然为此我和另外四个学生被全校点名批评，但当时并未醒悟，还是像巷子里的街娃一样，野性不改，粗放依旧。

初一结束暑假期间，我独自进校步入空荡荡的教室坐下来，出奇的安静，让我心里淌过一丝惊喜和愉快。突然意识到自己又长一岁了，应该懂事了，应该做该做的事情了。摊开课本，认认真真地看起来。那个暑假是我读书过程的一个转折点，我不仅将初一期间欠缺的知识补充了起来，还读了不少其他有益的书籍，让我在进入初二的学习阶段有了扎实的基础，掌握了学习的主动权。

宽巷子和二十八中毗邻，课间休息那几分钟我可以回家取课本打个来回不误时。但巷子与学校之间不是距离，而是界点。巷子里缓慢流淌并散漫着支离破碎的历史和文化，学校里则传授播撒着经过提炼和浓缩后的有序的文化历史。巷子里那种毫无拘束的童趣已在不知不觉中失去了吸引力，学校里书声琅琅的氛围和教室里聚精会神听取老师讲解的愉悦已逐渐成为每天生活的追求和必需。即使放学后也不想回家，操场上、阅览室、礼堂里、教室中，学校里到处都可寻到无穷的乐趣。家里成了一个定点客栈，巷子在无意识中变得陌生，初中三年的学生生活，我完成了人生的一次重要的蝉蜕。

初中毕业时我决定报考七中读高中，那一年成都刚设立重点中学，考四、七、九和川师附中要加试外语，很是吸引人。而我之所以要报考七中，一是因它名气大，二是因它是全日制中学，可以住校读书。

1963年9月我背着简单行囊徒步从西门走到新南门准备到七中报到，过新南门大桥不足五百米就是市区道路的尽头了。一条狭窄的泥土路，像机耕道一般蜿蜒伸向郊外。沿泥土路走到一处岔路口，几间农舍散落于路旁，有家冷清的小饭馆，成都人称这种格调的农家为幺店子，这时就能看见在右侧不远处七中的校门和左侧稍远处的原成都工学院的大门了。这两个校门间相距约三百来米，其间还斜横着一条碎石马路（即现在一环路的前身）。七中像是一片农田之中的孤岛，当时农田以藕田为主，间有稻田，蔬菜地极少。

我这个来自宽巷子的学生第一天报到时就闹出一个至今还羞愧不

已的大笑话。班主任是位年轻的女教师，齐耳短发梳理得一丝不苟，双眸明亮有神，短袖大翻领白衬衣，乍一眼看上去仿佛是法国修道院里年轻的修女。我面如锅底一身土气，惴惴地在讲台前向她报到，办完各项手续，她在报到单上签上她的大名后叫我独自去指定的宿舍床位安顿。

走出教室，我已浑身是汗，对陪同我来的初中同学周强焱说道：我这位班主任好奇怪，取个名字叫肖多情，你说笑人不笑人？

周强焱纳闷儿，说，咋会取个这样的名字呢，你给我看看。

我将报到单递给他，他仔细看后哈哈大笑：啥子肖多情啊！是肖曼情！你是咋个认起在的啊？

我一听心里一惊，又赶紧抓回报到单认真看。肖老师的签名字写得好，既潇洒也有骨力，因书写较快，加之我面对她时有种窘迫的感觉，仓促间我将曼误读为多，情误读为情了。

周强焱还在讥笑我：亏你一心想上重点高中，连班主任老师的姓名也认不醒豁，你简直是给我们丢脸丢尽了。

让我感到难堪的事还在后面。班上三十位男同学中有近半数是原七中初中上来的，这部分人基本上是七中周边四川大学四川医学院及成都工学院的教职工子弟，他们的基础知识明显比我们外来生强许多。肖老师原来就曾是他们的班主任，彼此都很熟悉了解，这让我刚一开始学习时心里就产生了巨大的压力和隐约的距离感。果不其然，在半期语文测试中，我受到肖老师的当众批评，说我学习目的不明确，语文考试大失水准。我当时学习确有偏科现象，不喜欢语文英语，对语文文法尤为反感。虽然物理考试得全班第二名，其他几门也还说得过去，但因受到班主任的批评，这就让我郁闷了很长时间。再加之家里经济条件差，我的学习工具简陋无比，连英汉字典汉语字典也没置备一本，穿着上则是班上同学中最单薄寒碜的，不免产生了自惭形秽的心理。所以在七中的第一个学期中，我还无法完全适应，学习上颇感被动，平时见到班主任也立即躲得远远的。

寒假在家，我正在折纸箱子挣学费，肖老师突然来访，弄得我十分尴尬。肖老师将我家里里外外仔细看了个遍，又详细问了我母亲一些事情，临走时对我讲，学校里对家庭困难的学生有生活补助的办法，分为三等，你开学后就写张申请来交给我。母亲一再表示感谢，我却觉得颜面失尽十分难受。

新学期一到，我申请了第三等每月五元的补助，正好交纳每月的伙食费。家里每月给我两元零用，我逐步改善了学习上的装备。我还学会了针线，衣裤全是自己清洗缝补，就连鞋袜破了也补得十分到位。而从那时开始，我告别了假期打零工的日子，也不再想假期回家住，而是待在学校里专心致志地看书学习。

七中的校风优良，教师队伍人才汇聚，学生学习自觉性很强，校园里尊师重教的气氛十分浓烈。办公楼前两排长长的黑板报上有个《青年先锋》专栏，经常刊登一些励志文句和学习心得。高年级同学办了个《发愤报》，有图有文，显示出一代青年学生蓬勃向上的精神面貌。鲁迅先生夫人许广平女士、国家教育部部长何锋，以及一些外国朋友曾来校视察和参观，这让我们在兴奋自豪的同时，更感到要珍惜在七中学习的机会。早自习晚自习教室里全都坐得满当当的，课外活动操场上人满为患，各种体育比赛层出不穷。进餐时各班要列队唱歌步入食堂，有值日生监督不能浪费饭菜。晚上就寝后统一熄灯，晨起要自觉跑步锻炼。高质量的教学，有规律的学习生活，准军事化的学习纪律，以及老师对学生在思想品德锻炼培养上的引导，让我在心智成长和文化知识的吸取上都受益终生。

肖老师曾数次与我谈心，我们在校外沿着藕田间的小路慢慢走着，她会指出我学习上的不足之处，特别是在人生观世界观形成过程中应该注意的问题。高二学年快结束时，我被批准加入共青团，年终考试我的数学物理得满分，其他几科考得也很不错，特别值得一提的是政治课考学习《实践论》后的体会，我的试卷文字流畅，思路清晰，内容有骨有肉，让政治老师大为赞赏，肖老师也很高兴地在全班表扬了我。

我在学习上的自信心和主动性就是在那段时间建立起来的，我对人生的看法和我所想追求的人生道路也是在那段时间里逐步孕育成型，这是我在七中学习的最大收获。

就在前年，肖老师八十岁生日那天，班上同学齐聚一堂为肖老师祝福，我写了一幅字"教之以才导之以德师韵泽厚"送给她老人家。这是积存在我心中几十年的心声，这种感激之情既是对肖曼倩老师，也是对七中及学校所有的其他老师。

对上大学，我考虑得不是很多，觉得这是水到渠成自然而然的事。读七中还用得着愁上大学吗？只是在当时思潮的影响下，我曾打算报考农业大学，争取当个农业技术人员，将国家的需要和自己的理想紧紧地联系在一起。

离高考还有二十七天，我的大学梦因"文革"戛然而止。

从漫水湾到花水湾

有两个很小很小的地方，一个叫漫水湾，一个叫花水湾。听名字好像是双胞胎两姊妹，其实它们之间相隔五百多公里，原本风马牛不相及，只因我的青春岁月是在这两个湾湾度过的，所以我会将它们联系在一起，且终生难以忘记。

漫水湾是我下乡当知青的地方，现在是世界闻名的中国西昌卫星发射基地；花水湾是我由知青当上煤矿工人的地方，现在是声名远播的温泉旅游胜地。这两个地方的变化令人无法想象，也不是能用云泥之分、天壤之别就可以形容的。

1969 年 2 月，我的户口从此从宽巷子原住地注销，成为异乡人。我们学校下乡学生分乘二十多辆解放牌大卡车，经雅安、石棉，翻越拖乌山、泥巴山，于第三天下午到达西昌地区所属的冕宁县，又继续在大山和安宁河谷间前行了十多公里，在安宁河一处宽阔的河湾处，卡车小心翼翼地驶过用鹅卵石砌成的漫水桥。上河岸不远，我们立即被一大群头裹白头巾、身披羊皮褂和背架子，手推着鸡公车的社员包围了起来。领队的工宣队师傅说：漫水湾到了，大家下车，找到各自生产队的社员，他们会领你们到达指定的地方的。

我们举目一望，前方倒是有一宽阔的平坝，不少农户的房屋杂于树丛之中，但坝子四周却是山峰林立，仿佛我们是降临在一个只有来路而无去路的地方，我们的心顿时寒了半截。

我们二十一个学生被安排在距安宁河边不远的一个生产队，徐队长在他家里给我们接风，吃的豆花饭。当天晚上我们就挤住在堆放着各种农具的仓房里，一住就是好几个月。

第二天一大早，我们就听到一个骇人听闻的消息：生产队里有麻风病人！临行前我们所担心和害怕的就是这个东西，听说麻风病会传染人，得了此病鼻子塌落手指脱落面目狰狞令人恐怖得很。这个消息吓得我们面面相觑，连大气也不敢出。我们六神无主，军心动摇，纷纷打主意准备离开这里。有几个小女生还打着干嗝，想把昨晚那顿香喷喷的豆花饭给全吐了出来，神情真是痛苦万分。

闻讯赶来的公社干部和校方组织者找到队上干部和麻风病患者家属了解情况并做工作，我们离得远远的想打探究竟。的确存在一个活生生的麻风病人，是从麻风病村偷跑回来的，已有一年多的时间了。她是赵大娘的大儿媳，她想念她两个幼小的孩子，她想念她的家人，她无法忍受深山里麻风病村愁苦寂寞的生活，她需要亲情。而赵家全家人都愿意接纳她，都想给她温暖，都想让她过人的日子，虽然她是个病人。村上绝大多数村民都抱以缄默的态度，知而不语，他们也很同情那个女人。只有少数几位心存畏惧的社员，但也不愿公开表示，怕惹是生非。见知青来了，这才悄悄透露了出来，打算借我们的口来达到赶走那位麻风病患者的目的。

我们目睹了整个做工作的过程，当麻风病患者的丈夫，一个憨厚老实的青壮年农民口气坚定地说：要绑她走，你们就先杀了我吧。还有两个娃娃，都一齐杀了吧。公社干部和校方组织者没辙了，我们也一时无语。

校方组织者转而做我们的工作，一再解释麻风病虽然有一定的传染性，但也是完全可以防备的，平时的生产生活根本不会受到任何影响。比如这个病人的家属，与病人一起生活了很长时间，没有发现一例感染者。村上其他村民，更没有这种可能。公社和校方表示，安插工作已做了最大的努力，要调整已是十分困难，希望我们能以大局为重，尽快平静安顿下来。

这是我们上山下乡接受贫下中农再教育遇到的第一道难题，我们尊重村民，接受劳动锻炼，但我们不是来接受疾病的。看到患者家属的态度，我们也感到要强求他们割舍亲情也实在有点于心不忍。思之再三，我们提出了几点意见：一是公社方面要保证这个病患者的药物治疗，定期来检查病情，检查密切接触者的情况；二是病患者的活动范围只能是限于她自己的家里，不应参与队上的公共活动；三是继续做说服动员工作，尽可能短时间内将病患者劝回麻风病村。

对于我们提出的要求，公社和校方组织者满口答应，反复表扬我们顾全大局，一再保证我们在这里的劳动生活是绝对安全的。队上的社员和干部看到我们知情懂理，心里也很高兴。

在之后的几年里，病患者家里一直严格遵守着约定，我们也一直没见过那位患者的面容。有一次，赵大娘在我们面前伤心地落泪说：对不起你们年轻人，家家都给你们送过菜，我家想送，我家不敢送，怕你们不要……

两个月后，队里安排几位社员带着我们男知青去十二公里外的泽远沟深山处砍木料，准备为我们建造住房。我们临时住在徐奶奶的家里，用谷草打地铺，屋外一条小溪，溪水清凉，用溪水煮饭，也用溪水洗脸漱口。那里靠近一个彝族自治村，每天上下山都会从村中穿过，彝族男青年打着呼哨表示友好，彝族阿米子微笑着，火辣辣的目光一直紧随着我们。

二十多天的日子，劳动强度非常大，每天累得半死。更恼火的是我们无蔬菜可吃，社员带的豆瓣咸菜成为我们馋涎欲滴的好东西，甚至赵家大儿子带来的辣椒酱也被我们洗劫一空。见我们狼吞虎咽的样子，他憨笑着，眼里淌着泪水。

易老爹是这个生产队里的一把好手，种菜犁田，盖房砌墙，打猪圈制米酒，样样来得，徐队长派他来帮助我们。久而久之我们知青和易老爹一家混得最熟，一旦搞到白酒或从成都带了点儿好吃的东西我们都会给他捎去。易老爹掉了两颗门牙，笑起来满有亲和力。他有三儿四女，大女儿已在本队出嫁，生了娃娃后仍姿色不减，颇有倾队倾社之貌。其夫君整天围着我们转，是最先受我们的影响买来牙膏刷牙漱口的。美容从牙做起，不知何年何月能与其妻比肩。

1970 年 7 月 1 日成昆线铁路正式通车，我们在地里干活，远远能看到漫水湾半山坡上缓缓开行的列车，知青和社员都在欢呼，社员们平生第一次见到那家伙，各抒高论，易老爹说：阿麦，老是没个完，像老母猪下儿！大家哄堂大笑，贫协主席在一旁正色道：你这是什么话！

第二天一大早，公社书记带着武装部长等几人将易老爹叫走了，全队人都替他担心。到了傍晚易老爹得意扬扬兴高采烈满面红光地回来了，一边从口袋里掏出两张十元的钞票展示给我们看一边说：首长给的，解放军大首长给的！还喝了酒！

二十元，我的天！去年一年下来我的工分收入是三十七元，还不够我的口粮钱。易老爹遇到了什么样的好事一天能挣到这样一笔大钱？

原因当时不明，过程是这样：公社接到紧急秘密且重要得很的通知，要七八个手艺好政治可靠的船工立即到安宁河边待命，易老爹是其中之一。安宁河河面不算宽，三十来米，枯水季节在最宽处可以涉水过河。但现在正是涨水时期，河水又深又急，来来往往只能靠渡船摆运。易老爹和其他几名船工按要求将小船并成大船，先从对岸运了六部军用吉普到这边，然后又运了二三十个身着军装的大块头大胖子。易老爹说有一个特别胖，三个下巴，鼻子尖尖都在冒油，还差点儿把船给踩翻了。人、车到了这边后马不停蹄地奔向深山处的泽远沟（我们曾经在那里砍过料），到了半下午才返回。解放军将公社干部和船工们请到漫水湾街上吃饭喝酒，并给船工发了辛苦费。

我们头一天听广播知道是原政治局委员空军司令员来西昌为成昆线通车剪彩，现听易老爹一讲，明白他是遇上大人物了。但空军司令员为何要进入到人烟罕至的泽远沟里去？我们当时并没有多想，要想，也想不出一个所以然。

几个月后，宁静的安宁河边突然热闹起来，几十排干打垒房子像韭菜沟一样整齐地排列在河滩上，操着各地口音的民工按建制分成营连排班进驻到这里并迅速开始了建桥工程。我们很快就打听到我们这里将要建一个导弹基地。

哇噻！导弹基地！我们血脉贲张，激动万分。打倒美帝！打倒苏修！弄死日本鬼子！我们手握锄头，腰杆坚挺，仿佛那发射导弹的按钮就在我们沾满泥土的双手旁边。

后来才清楚这里实际上是准备建立卫星发射基地。在那个年代里，说建卫星基地你也许认为是天方夜谭，说建导弹基地你会万分之一万地相信。

成昆线通车为建卫星基地提供了交通保障，在漫水湾公路桥即将竣工时，真资格的大部队源源不断地开了进来，从漫水湾到泽远沟约十五公里的路途上，沿线驻扎着两个工程集团军部队，到处都见到身着军装令人可敬的解放军战士。解放军在宽大的公路桥旁又开始建造一座雄伟的钢架结构铁路桥，紧接桥头是一条长长的隧道，之后铁路沿着山脚边的公路蜿蜒伸向泽远沟，终点就在我们砍木料时曾经待过的地方。

修建公路和铁路路基需要大量的石块，不少生产队的社员和知青都参与了这项最基础的工作。我们从安宁河河滩上将大大小小的石头运送到修建工地，用锤子砸成碎石，码好，由部队技术人员来验收。记得每一方碎石的报酬是六元钱，比种庄稼来劲多了，大家干得特别欢。

此时，已是我们下乡的第二个年头，种蔬菜的技术已大大提高，自留地里的海椒、茄子、西红柿长得十分逗人喜爱。白天没有时间管理，我们就在晚上干。西昌地区的月亮特别迷人，又大又亮，踏着月光担粪浇水，别有一番情趣。人勤地不懒，蔬菜大丰收，卖给基地部队和建桥民工，一张一张地数着钞票，我们心里乐开了花。

那一年，生产队的工分值由一毛五陡升为五毛多，等于连涨几十个涨停板，好幸福，好风光！

1971 年底开始招知青返城工作了，不少知青想就此进入卫星基地去工作，想过头了。在卫星基地建设如火如荼之际，我们陆续离开了漫水湾。之后的岁月里，我们一直关注着有关它的所有新闻报道和消息。每当从新闻里看到西昌卫星发射基地又有新的动向时，心里除了和国人一样充满了自豪和高兴外，还有一丝油然而生的荣耀之心在美滋滋地涌动，庆幸自己在当知青时，目睹了西昌卫星发射基地建设这一宏伟工作的始起，并为此曾挥洒过几滴汗水。

1972 年元旦刚过，我和一部分知青被招至刚成立不久的成都市出江矿务局当上煤矿工人。此时矿务局约有五千多人，原地方煤矿职工、成都市市郊农民和各地下乡知青约占三分之一。

记得从漫水湾登上返回成都市的火车时，过去是同学，现在是工友的知青们见了面，复杂的心情难以言表。但总的来讲，兴奋和喜悦充斥在车厢里。毕竟算是回城了，毕竟成为一名工人了，毕竟是有了饭碗可以自立了。前景不可测，前途不可知，但我们已领了半个月的工资，我们坐火车回成都的车票是点着我们的大名郑重发给我们的，我们的身份地位已经发生了质的飞跃，我们的心充实得很呐！

第二天早上一踏上故土，我们就拥入一家面馆，纷纷争着购票，要肉面！要大碗的！我们是工人了，我们有钱了，是工资！

两天后我们到了矿区，最初被分到八号井，叫川邦沟煤矿。时隔不久被合并到四号井，叫花水湾煤矿。

我被调到掘进队工作，第一天下井，穿上工作服，头戴矿灯矿帽，腰系风带皮，屁股上的电瓶一颠一颠的，加上脚上套一双长筒靴，很是有点儿精神。扛着电钻提着炸药雷管，推着满满一车碴石，踏着泥水进了洞。我们的任务是将主巷道不断向前延伸，程序是：先在巷道尽头的断面上用电钻打上七八个炮眼，充填炸药雷管，用黄泥杵实，放一两百米电线，用放炮器击发引爆；不待硝烟散尽，便迅速地将被炸下来的荒石铲入矿车运出井口倾倒；再返入工作面量好距离，在巷道两侧的地面上各打三个浅浅的脚窝炮眼，再装药放炮；清理脚窝，将两百来斤的铁制碴架支好，双手和腰部齐用力，把一个个百多斤重的碴石码上支架，合龙收紧，顶部充填灌浆。做完这些工作，八九个人要马不停蹄地干上五六个小时，每个人要搬运上吨重的荒砟碴石。头两次放炮我很紧张，笔直的巷道没有可隐蔽的角落，只能趴在地上，双手将头护住。炮声在几乎是密闭状态的巷道里震耳欲聋，仿佛连五脏六腑都要被震破了。火光闪过，飞石乱奔，黄褐色的浓烟弥漫着强烈的硫黄味，让人喉头发哽，眼泪直流。从入井到出井，身上的汗没有干过，两天下来工作服上已是白花花的斑斑汗渍。

井下到处都潜伏着危险，时常发生垮塌冒顶矸石砸落矿车出轨电钻漏电瓦斯超标风机烧毁等情况，你要是害怕担心，那是没完没了的。恐惧之后是麻木，麻木升华为无畏。几个月下来，我不仅熟练地掌握了这一套活路，而且觉得自己变得如赫拉克勒斯一样力大无穷，上百斤的石头可以轻而易举举过头，两百来斤的铁架扛起可以健步如飞。

和井下既危险又繁重的工作相匹配，我们的待遇也有了很大程度的提高。基本工资由每月二十八元五升为三十二元，每上一次班白天补助四毛，晚上补助六毛。更诱人的是井下工每月免费发三斤猪肉三斤黄豆一斤半白酒。领这些"保健品"的时候，是共产主义瞬间实现的辉煌热烈的时刻，兄弟伙齐聚一堂，井下工们叼着烟品着茶，将保健票往桌上一拍，那些地面工们便飞也似的端着碗盆打酒称肉去了。东西摆上桌，不分你我，大家海吃海喝，尽兴尽欢。

花水湾煤矿依山傍水，算矿区里一个较大的矿井，有七百多名职工，一条公路穿过井口和宿舍区向深山处蜿蜒而去。井口旁有一废弃的埋入地下的铁管，被一股温温的泉水浸泡着，铁管里冒出来微弱的天然气不断溶化在潺潺流动的泉水中。矿工们习惯在出井时到泉水处洗洗手，偶尔还有职工或家属点燃天然气熬中药。据说废弃的铁管是60年代地质探测队埋下的，他们只寻找到一股微弱的温泉和少量的天然气，认为没有开采价值，撤走了。

谁也不曾想到那条坑坑洼洼的公路以后竟是通往旅游胜境西岭雪山和西岭滑雪场的黄金通道！谁也不曾想到淹没那截废铁管的泉水的源头处，竟然挖掘出取之不尽用之不竭热气腾腾令人惊喜不已激动万分的温泉！

后来的花水湾由此名声大振名扬四方；开发商由此财源滚滚而一步登天；成都的休闲旅游由此上了台阶有了金色名片；但是，当时，我回忆的那个时候，我是煤矿工人，它，只是一截废铁管和一汪温温的泉水。

　　一年后，我到矿部任团总支书记了，工人待遇，干部使用，当时统称为工代干。矿上的职工绝大多数是年轻人，但共青团员寥若晨星。矿区的生产条件差，生活条件简陋，文化娱乐几乎是空白。职工下了班除了睡觉、闲聊、烤火外，无处走动。女职工又特别少，仿佛马路上走动的宿舍里游动的全都是公耗子。

　　不知这团总支书记该怎么当，只好先从看得见的事做起。将团员和矿部的年轻人组织起来，花了好几天时间，把宿舍、食堂及其他公共场所的垃圾杂物全部清理打扫干净，写了些宣传卫生避免疾病的标语来贴起。找来一位理发师傅，为他搭一个简易棚子，相当于现在的美容美发厅，专门为矿工剪发修面，一改之前的乞丐土匪相。找车队师傅帮忙，拉了满满两车年轻人到刘文彩地主庄园参观。环境有所改善，心情有所改观，团总支在职工眼里留下了好印象，这时我们组织学习、健全各支部小组、发展新团员等工作就有一个很好的基础了。

　　半年后又叫我当工会主任并配备了一个专职助手。富工会，穷妇联，不穷不富共青团。工会因为有一定的活动经费做基础，腰杆肯定比共青团硬多了。宿舍前有个篮球场，坑洼不平，篮筐歪斜，场边有个长满杂草的荒地。职工希望能先将篮球场平整修缮一下，成为唯一能活动的场所。我想几百号矿工难道眼巴巴只盯住一个球场坝来打发业余生活？要搞就搞个痛快的。打报告，要在荒草地上建俱乐部。领到钱后请工程师设计图纸，买砖瓦木料。不到三个月，一座两百多平方米砖木结构的屋子建好了，大门上方工人俱乐部几个字很是惹眼，屋子里摆一台乒乓桌，十来张小方桌和若干小凳，最里端是图书室，又调来一位擅长书画的高手做宣传管理员，室内挂满书画，颇具清雅之气。甫一开张，热闹非凡，职工在里面喝茶谈天，打牌下棋，看报读书，甚至买来酒菜在里面聚餐会友，俱乐部成为多数职工下班后自然而然要去玩耍休息的地方。

这一炮打响后，我们准备再接再厉，要将丑陋不堪的篮球场改造成为矿区首屈一指的灯光球场。领导不敢答应，须知在当时，连成都市区内有名的大企业也不曾有如此奢华的活动场地，何况这深山沟里一个不足千人的小煤矿。我们仔细算了一笔账，水泥电杆铁管球架三合土地面等材料均可由矿上自己解决，立杆子拉电线装灯光平球场由我们组织电工焊工土木工和职工活动积极分子联合起来义务干，矿上只需给我们五千元买灯光器材和一些辅助设备就行了。软磨硬泡，加之我们搞起来的俱乐部确实也发挥了作用，领导终于狠下心来批准了这一重大项目。

为了保证充足的劳动力，我们要求矿属各队组织篮球队，先报名，然后分别利用业余时间来修建球场。不来修的自动解除参赛资格。实际上职工的积极性大得很，开工以后，球场坝像赶集一样人潮涌动，有些矿工下班刚出井，顾不上劳累，也总要来帮忙干点儿活。立杆子，焊铁架，布线装灯，浇水泥地面，利用斜坡建成六级看台，安好球架球网，全是义务劳动土办法。

辉煌日子终于来临。这天晚上如过盛大节日一般，本矿职工和其他单位的职工上千人将球场围了个水泄不通。灯光耀如白天，运动进行曲中，掘进队采煤队运输队机电队后勤伙食团和机关代表队等各举一杆简易旗帜隆重登场。矿工球员们满脸堆笑，装模作样地挥着手。裁判长——医务室刘医生腆着肚子神情严肃地迈着正步，引来阵阵笑声和掌声。观众席上发出此起彼伏的吼叫，没来得及洗澡换衣的工人不停地晃动着矿灯。那当时的情景我现在回想起来，虽无鸟巢之气概，亦有鸟巢之气氛了。

1978年我参加高考读书去了，离开了花水湾，离别了煤矿。离不了的，是深深珍藏在心里的对它的不渝的情愫。

一幅画作寄深情

　　仿佛是落叶归根，我在外地转了一大圈后，又回到宽巷子父母身边。与以往不同的是，我早已安家，定居在新南门，隔个十天半月才匆忙赶到老屋去看望年迈的双亲。

　　曾经生活在宽巷子的蓝氏四家人这时只有我家还居住在这里，巷子东头的四伯父四伯母已经过世，他们的子女各自有一大家子人都已迁居别处，昔日四伯父家子孙满堂的热闹场景不复再现。居住在巷子中段的大伯父一家更为冷清，大伯父大伯母及他们的大儿子很早离世，他们的二儿子只有个独女，独女成家后，大伯父家老宅转让给他人从此成为陌生之地。五伯父家和我家原都居住在巷子西头，五伯父五伯母也离世得早，他们的儿子很小时便开始独立生活，后参军，复员工作后建立起一个美满幸福的家庭，目前是蓝氏家族中人丁最为兴旺的一家人。

　　我的父母均已退休，同我大妹一家生活在一起。父亲在家门口栽的梧桐树枝繁叶茂，夏日里晚饭时饭桌就摆在树下，一家人其乐融融，令巷子里路过的行人无不投去羡慕的目光。

在这之后的三十多年里，是我们国家发生翻天覆地巨大变化的时期，痛苦反思后的清醒产生出无穷的活力与能量，摧枯拉朽的变革创造出令人惊叹的奇迹，人们的观念思维和日常生活都呈现出迥然不同的境界。

在外界日新月异变化所形成的辐射力的影响下，作为一条陈旧的陋巷，宽巷子像蛰伏已久的甲壳虫，悄然无声地一点一点蜕去昔日的茧皮。个别院落的住户迁走了，几个大杂院突然变成西式楼房。38号院和40号院相互打通，旧房拆除后建起一座一楼一底中式庭院，楼上是外廊式茶房和活动室，底楼是包括六个包间在内的餐厅。花园里栽着奇花异草，鱼儿在布满青苔的石缸里游弋。这个庭院取名"小观园"，是宽巷子里最早出现的城市农家乐。有两年的中秋节，我们蓝氏家人都齐聚在这里把酒话往事，品茗忆亲情。

给巷子里带来新鲜气息的还有26号院的"龙堂客栈"，客栈规模很小，但名气颇大，前来投宿的基本上是零散的旅游者。但这些零散的旅游者在这里却能寻找到知音和临时的密友，立马可以重新组合成志同道合目标新奇的伙伴，第二天便可奔赴另一旅游地。我在"龙堂客栈"门道的留言板上看到过形形色色的留言，英文法文日文中文毫无章法地布满留言板：

> 明日去峨眉，自备帐篷，寻同性男熟悉情况者一人。
> 有人陪我去乐山吗？
> 求成熟女一人同游丽江，周四返回。
> 陈某，我相机遗失，今返程，你不用等我了。
> 我想吃成都麻婆豆腐，谁请我？

还有一处会馆建在原22号院子里，进出的人仿佛都是些文化界的人士或金石书画玩家。那里面清雅闲静，常见数位衣着不凡神情矜持的男士或一身新潮服饰面容娇媚的女人在红木雕桌前品茗。

每天穿梭往来于宽巷子的人众里总会出现许多新面孔，他们的眼神里流露出新奇，或驻足于破旧的大院门前凝视，或摆弄着相机不停地按动着快门。常有披着长发的画者来这里写生，好几个剧组也前来此处拍摄外景。

进入新世纪，一个彻底改造宽巷子的计划应运而生，让宽巷子成为老成都的记忆、新成都的名片这一设想很快便得到具体的实施。

因宽巷子的老屋也需要拆迁，其间我回去过好几次。满巷子残墙破壁，碎砖烂瓦，我头脑中数十年间所有的记忆被眼前的一片零乱碾得粉碎。

2008 年 6 月 15 日，新建成的宽巷子举行了开街仪式。三天后，我趁着丝丝细雨独自走在陌生的巷子里。四伯父老家的门面被改建为某旅游产品商店，大伯父老家原址变为名小吃摊位，五伯父曾住过的地方被开辟成宽、窄巷子间的一条通道，而靠近巷子西头我家老屋处还打着围栏正在施工建设。让我惊喜异常的是父亲栽的梧桐树居然保留了下来！看到它，就像看到我过去那个亲切熟悉的家，父亲像往常一样一言不发地用他和蔼的目光望着我，而母亲则微笑着招呼我道：回来啦！

巷子里出奇的安静，蒙蒙的雨丝中偶尔出现一两个人影。街面很平整，两侧的仿古建筑特色各异，显得十分清新，个别门庭的厚重大门油光水滑，还嗅得出它们渗透出的阵阵油漆味。

这里曾是我生于斯长于斯的地方，却已不是我曾经生活过的那个宽巷子。这里曾是我充满童趣和青涩记忆的小巷，却已不是我存储着亲情友情的昔日家园。这里曾是蓝氏家族五代人栖息繁衍之地，却已不是可以寻求蓝氏血脉根基的始发之乡。

来自哪里？去之何方？魂牵何处？梦萦几许？一股热血涌上心头，眼前浮现出一幅昔日宽巷子的全景，如此清晰，如此鲜明，每个庭院的门庭，每棵大树的身姿，每段街沿的高低，每个行人的身影，熟悉而亲切。像石猴崩裂而出，像飞泉凌空而泻，念头由此产生：我要用文字和图画将过去的宽巷子记录下来，让它在我心里永存！

文字我尚能独自完成，只要真实即可。画作却是门外汉，如何得以实现这个望念？五年过去，文字部分断断续续做成，画稿也几经修改有了雏形，却苦于找不到合适的方式来完成实际作品。

老天有眼，命运有定，先祖护佑，诚心有应。当是缘分使然，画作一事居然峰回路转，整个过程在充满令人感叹和传奇色彩中得以圆满完成。

这要从 2011 年 7 月说起，我在网易博客上陆续发了几篇关于蓝大顺起义的博文，到 2012 年 4 月初的一天，在评论栏里看到一位读者的留言，他写道："你好，我很小就听我家长辈说起我家的家族史，其中有一段故事：1856 年左右，我家祖宗在当地经商，看见一个人因为付不起饭钱，被店家罚跪，很可怜，于是帮他付了饭钱并且给了他路费，后来那人成了农民起义军的头目，他就是蓝大顺。他把当地县令都赶走了，回来后对我祖宗感恩，没多久清政府镇压了起义军，我祖宗一家惨遭斩首，幸亏逃出来了一些妇女孩子，不然哪还有我们这些后代？这是真实的事情，我想考证一下你家族的蓝大顺是不是就是我祖上一直提到的这个人呢？"

我当时见到这段意想不到的留言既感到吃惊也有些激动。一年多来我在收集整理蓝大顺的有关资料中，还没有见到过这类颇具传奇色彩、情节曲折蕴含着友情和血泪的故事。当然我首先要联系到这位读者并证实这件事，但这位读者没有在网易注册，只留下一个名叫"那一年"的 QQ 号。开初我傻乎乎地就在他留言后回复给他一个电话联系方式，过了几天没有音信，我想不会是戏言一则吧，有些郁闷。我的一位好友见此消息留言告诉我：“如果她没注册网易，她不到这里来，是不会知道你对她的答复的。”我进入“那一年”的QQ空间（她资料显示是成都人，其空间作品显示她父亲今年七十岁，据说是业余国画家），本来我想在她QQ空间留言，但由于她空间设置了限制而无法进入。

我如梦初醒，赶紧注册一个QQ并发出联系邀请。殊不知一个礼拜过去了，仍是泥牛入海没有回音。咋回事呢？放弃联系吗？如果真有这回事，别人的祖上救过我高祖的命，还招致飞来横祸，我家欠别人的情就太深太重了。一时联系不上，也许别人很忙，难得上网，我就再试试吧。终于在月底，“那一年”回复了我，她的工作的确很忙，平时是不上网的，能和我联系上她也感到十分高兴。通过交谈，我才了解到她姓江，祖上原在四川蓬溪，家境较好，遇蓝大顺路过落难，热心相助。蓝大顺知恩图报，起义后领军攻占蓬溪，以厚礼答谢江家救命之举。然而当蓝大顺起义失败后，她家因此事受到牵连，祖上数人被害，仅有几个妇孺老幼逃脱厄运，东躲西藏，最后在四川射洪一个偏僻之地勉强安身。她说关于这件事的来龙去脉她父亲最清楚，叫我最好与她父亲交谈，并给了我关于她父亲的联系方式。

当天我即给她父亲家里去了电话，她父亲好像已经知道了这回事，没有讲什么客套话，我们相互简单地谈了各自的情况，都感到一百多年前我们祖上缔结下的这一缘分弥足珍贵，作为后人我们应该加深了解，充实和续写这份友情。因为我已从“那一年”的QQ上见到他的画作，其表现手法与我拟就的草稿《宽窄巷子风情图》的风格相符，我便请求他合作完成《宽窄巷子风情图》的画作，他表示看看草稿图以后才能确定。最后他爽朗地答应了我的邀请，约定次日上午九点在人民公园大门口见面。

第二天，我带上了《家住宽巷子》的书稿，有关蓝大顺的资料和《宽窄巷子风情图》草稿，准时到达约定地点。从熙熙攘攘的人流中，一眼就认定一位身着体恤、身材结实、目光颇为精神的长者，他也在打量着我，我们不约而同地相互靠拢，自报了姓名，紧紧地握了握手。我知道他姓江，便称他为江大哥。他说他排行老三，今年七十一岁了，上面还有两个兄长。我便改口称其为江三哥。

江三哥不喜欢坐茶馆，我俩便在一凉亭里坐下来交谈。他告诉我他在西藏军区工作了三十多年，又在西藏军区成都办事处干了十多年。他有三个女儿，都早已各自安家。他的大孙女读初中，因为要写关于家史方面的作文，便来找他讲过去的事，而蓝大顺与他们江家的一段交情，正是对他们这家人的命运产生了巨大影响的一个人，所以他就将这件事讲给了家人听。他笑着说，他的子孙听了后半信半疑，有的甚至觉得他是在编造故事，摆玄龙门阵。他告诉我，与我联系上的是他二女，是做电器生意的。二女将联系到我的消息告诉了他以后，他感到十分高兴，觉得这是上天的安排，祖上魂灵的护佑。他讲他退休后学习画国画，对民俗风情、市井人物尤感兴趣，平时爱翻看各类历史书籍，也收藏了一些资料图片。

我当即展开《宽窄巷子风情图》草稿请他看。草稿图有两米多长，上面我根据数十年前宽窄巷子的实际布局，勾画出七十多座院落三百多间房间，各类生活形态的人物一千多个，将老城墙、严遵观、少城公园、青羊宫、浣花溪等历史文化遗址以远景形式也展示其上。

他仔细地看了许久，肯定地说道：没有问题，我对人物景观的表现还可以，我临摹过《清明上河图》和《韩熙载夜宴图》，效果还不错。只是我最近有个参展作品还在进行之中，这个《宽窄巷子风情图》要等到下半年才能开始。

我抑制不住内心的喜悦说：时间早晚没关系，也不必急于动手，我们到时还需要如何更好地表现这幅图的主题和内涵交换意见。这图你先带回去，有空时你也好考虑考虑。关于蓝大顺得到你祖上救助和你一家后来遭受牵连的事，想请你再详细讲给我听一听。

他说：这样好不好，我的兄长在江油，我约他们安排个时间来成都，到时我们聚在一起，再仔细摆摆过去的事情，这样会更全面清楚一些。

我当然赞同他的建议：好得很！到时我也将我的兄弟姊妹请来，我们来个江家、蓝家大聚会。

这次见面交谈不到一小时，但连上了一百五十多年的一段缘分，我感到十分高兴。时隔不久，江三哥的兄长来到成都，我也约上我的堂兄和小妹与他们相会。这次他们详细谈了他家祖上与蓝大顺相识相交的过程，江三哥的三女还为此写了篇文字，现摘录于下：

每个家族都是有历史的，小时候常听父亲讲他在西藏当兵的过往，二爸来我家时也会讲起我们江家老祖宗的故事，这些往事在我听来像一个个传奇故事。

我们家是乾隆年间湖广填四川时从外省迁来四川蓬溪县明月乡定居的。那时江家在明月乡算得上是殷实人家，以老宅周围五座山为界，方圆一千多亩地都属江家，有着自己的大马帮，做很多生意，日子过得还不错。不料到了清朝晚期时，一件偶然事件改变了江家的命运。

话说高祖父江孔俊有一天进一家饭馆吃饭，看到一个汉子头上顶着个长条凳，跪在饭馆门口，默默忍受着路人的鄙夷和嗤笑。原来此地风俗，吃了饭没钱付账就要头顶板凳跪地上，若有好心人帮忙付账便可走人。高祖父见此人相貌不俗，不禁动了怜悯之心。一番询问才知他是一个外乡人，做生意亏了本，盘缠用尽流落在此，饿极无奈才出此下策，跑来吃了顿霸王餐。此人吃完倒也干脆，自己拿根板凳顶上后就跪那儿了。

高祖父念其出门在外不易，不仅帮他结了饭钱，临走还赠他一些钱财，劝他去做笔小生意。这汉子在异乡穷困潦倒受尽白眼，高祖父雪中送炭的行为使他深受感动。汉子自称名叫蓝大顺，问清恩公姓名后铭记于心，再三拜谢而去。

高祖父为人热心，一向乐善好施，素有"江善人"之称。这件事对他来说只是平常，过几日也就忘却了。没想到几年后蓝大顺真的回来了！这时的蓝大顺已今非昔比，他当了农民起义军的头领！蓝大顺，翻开历史就能查到此人，晚清咸丰年间，他带领的义军在西南地区搞得是轰轰烈烈，曾打下过不少县城，势头最劲时一度吓得成都都督紧闭城门不敢出战呢。就这么一个大佬级的人物，居然和高祖父有了交集，导致后者命运骤变！这前因后果，世事无常，谁又能预料得到呢？

这些都是后话了，再说蓝大顺回到老家，小生意也懒得做了，和几个兄弟伙一起干起了当"保镖"的行当，穿行于云、贵、川之间。这买卖越做越大，入伙的人越来越多。不想后来惹怒官府，抓了几个蓝大顺的兄弟并砍了头，还要捉拿蓝大顺。与蓝大顺相好的云南昭通人李永和深感没了活路，决定扯义旗反清廷。义旗一举响应者众，义军最多时据说有三十多万，从昭通一路势如破竹打到了蓬溪县城。蓬溪县虽说是个县，其实并无城墙，县城中心不过是一条小街，哪里能抵挡得住。听得风声不好，县太爷早吓得屁滚尿流弃衙而逃。

这番故地重返，蓝大顺是意气风发，感慨万千。想起昔日恩公，忙命人备下厚礼，内有白狐裘一件，酒水十多坛等等，一路上是吹吹打打地送到江家，并接了我高祖父到县城盛情款待。蓝大顺这番大张旗鼓的作为，自是为了表达自己对恩人的感激之情，却不料如此张扬也为高祖父日后埋下了祸根。

义军人马驻扎蓬溪，人员良莠不齐，对当地种种骚扰难免，烧杀抢掠也时有发生。蓝大顺深知此弊，曾对我高祖言，凡江家亲属可在门前置他信物可保平安，高祖答：江家老屋方圆十里皆是沾亲带故。于是蓝大顺命其部下严禁骚扰，江家及其方圆十里皆得保全，有知道内情的乡亲无不感激江老太爷。

好景不长，没多久清军援军到来，四方都督及湘军开始组织大规模的反扑。面对清军的强势，蓝大顺选择了撤离。当清廷收回县城后，县太爷怕朝廷追查其临阵脱逃的罪责，立刻开始了大力搜捕"蓝匪余孽"的行动。高祖父因蓝大顺对他的种种礼遇，顺理成章地被打上了通匪的罪名，锒铛入狱，判处斩首。

江家遭此飞来横祸，官司缠身。为营救高祖父，变卖了所有家产，上下打点，家业迅速败落……到最后，银子花光了，人也没救出来。他的儿子——也就是我的曾祖父，经此打击是气病交加，没几年也去世了。可怜曾祖母带着年幼的六个儿女，没有收入，在当地已无法生活，不得不拖儿带女回了娘家。

可叹高祖父做了一辈子的好人，最后却因做的一件好事而送了命，连带着改变了子孙后辈的命运……

高祖的故事在我们后辈听来充满戏剧性，前不久二姐好奇之下到网上查蓝大顺此人，没想到意外查到了蓝大顺的后人，一番联系后发现蓝家居然就住在宽巷子，离老爸老妈家很近！得到消息的两家老人都非常兴奋，立马相约见面。见面后大家聊得很开心，蓝叔叔刚好在写一本关于宽巷子的书，书中插图正愁没人画。而我家老爸的民俗风情画尤其擅长，仿的《清明上河图》惟妙惟肖。两位老人欣喜之余一拍即合，决定合作。就这样，因为一百多年前两家老祖宗的交往，后代子孙靠着现代网络的联系又走到了一起。更有意思的是蓝叔叔老伴的老祖宗曹姓，正是当年向皇上献计捉拿蓝大顺的大臣。这样有趣的巧合让我们都觉得不可思议，呵呵……

之后的几个月里，江三哥和我都埋头致力于《宽窄巷子风情图》的绘制。特别是江三哥很辛苦，每天伏案七八个小时，天气酷热，作画时又不便开空调电扇，常常只穿一条裤衩光着上身绘图。风情图画面大，几案铺展不开，只能将纸卷起来，画一小段再顺展一小段。画中多数情景十分细微，可怜江三哥一手执笔一手执放大镜，头都快埋进画纸之中了。

今年中秋佳节，为了缅怀江、蓝两家先祖，共忆两家世纪友情并庆贺画作完成，两大家人齐聚一堂，向江孔俊和蓝大顺的碑位焚香敬拜，江三哥和我堂兄蓝炳春分别代表两家讲了话，都感叹这份友情弥足珍贵，我们作为后世之人一定要好好珍惜。席间酒香四溢，情感融融，汇成涓涓热流，续写着两家人绵长悠远的情结。

画作徐徐展开，昔日的宽巷子再现眼前，尘封的历史又以鲜明的色彩复制如新，被湮没的故事又开始娓娓讲述，一条老巷，一段传奇，一本厚重的书，韵味无穷。